魯迅私論外篇

尾上兼英遺稿集 I
〔近現代文学篇〕

汲古書院

魯迅私論外篇

尾上兼英遺稿集Ⅰ
〔近現代文学篇〕

目次

魯迅私論外篇

尾上兼英遺稿集Ⅰ
〔近現代文学篇〕

序説　中国近現代文学簡史――魯迅の前後――

一　辛亥革命前――曽樸の『孽海花』――

『孽海花《げつかいか》』は六十回で完結する予定で書き出され、最初の二十五回が一九〇五―〇七年に発表されたが、その後二十年間中断された。一九二七年に若干の書き足しと改訂がおこなわれ、一九二八年に三十回の単行本として出版された。現存の単行本には初版と改訂版の二種類がある。改訂版では、初版の一部分が削られ、また話の順序が部分的に入れかえられ、結果として、より写実的になっている。ここでは、改訂版によって筋をたどってみよう。

孽海（禍の海）のなかにある奴楽島が、十九世紀の中ごろ突然海中に没したというので、上海に集まった各国人は調査や討論をして、この不思議な事件を伝えた。「愛自由者」という男がその消息を耳にし、上海に来て調べてみようとしたが、何から手をつければいいのか、かいもく見当がつかなくて困り果てていた。町に出てみると肥満した貿易商やら、いかさま新政委員、断髪して洋服を着たにせ革命党員、でたらめをいいふらす新聞記者などが、太平無事な顔をして茶を飲んだり、マージャンをしたり、娼婦《しょうふ》を買ったりしている。

きつねにつままれたような気持でいるところへ、「日露両国が開戦した。東三省は無事ではすむまい！」という消息が伝わる。驚いて、愛自由者がさまよい歩くうちに、突然、黄金色の山と乳白色の水のなかに、金殿玉楼、玉のような木々が立ち並ぶ、この世のものとも思われぬ場所に出た。ふと見ると、眼前の小部屋《こべや》にうるわしい花があって、馥郁《ふくいく》とした香が玉のすだれ越しに漂ってくる。あたりに人のいないのを見すましてはいってみると、花ではなくて美しい少女であった。「自由児さん、奴楽島の消息をお知りになりたいのでしょう？」、「あなたはご存じか？」、「まあ、奴楽島なんてどこにありましょう」、「え、ないのですって？」、「まったくおばかさんね。どこだって奴楽島ですのに」といいながら、一巻の巻物をていちょうに愛自由者に手渡した。見ると、興味深い中国の歴史が書かれているので、とても覚えきれぬと思って書き写した。

小説の書かれたいきさつを、第一回でこのように説明して、いよいよ本題にはいる。

太平天国の乱がしずまってまもないころ、この小説の主人公、金泃《きんいん》が殿試（官吏登用試験の最終段階）に第一番で合格した。彼は北京から故郷の蘇州へ帰省する途中上海に立ち寄って、ここに集まった友人たちと招待されたり招待したりして日を送っている。ある日、馮桂芬《ふうけいふん》という老人（当時の洋務派官僚）が尋ねてきて、「現在は五州万国交通の時代で、これまでのような詩文や考証学は役にたたなくなった。いまや、外国のことばに通じて、彼らが富強になった由来を理解し、物理、化学や造船、造兵の学問を習得してこそ、りっぱな政治家であるといえよう。北京に同文館を創設して、優秀な子弟の教育に当っているのは、そういう道理をさとったからにちがいない。きみは当代一流の人物であるから、世界の情勢に通じ、中国と西洋の学問を合わせ習得するならば、いっそう国家にとって有用な人物になるであろう」と忠告した。たまたま一品香《イーピンシアン》（上海の有名な料理屋）に招かれて友人と顔を合わせると、集まった人たちは西洋の学問に通じているので、話題はもっぱら西洋の政治事情に集中する。金洵には口をはさむ余地がなかった。また、イギリス領事館で各国花比べの会があったが、そこに集まる中国人は巧みに英語をあやつるし、イギリス領事は中国語で金洵に話しかけたりするので、彼はますます恥じ入るばかりであった。

さて、蘇州への帰省をすませた金洵は、北京に帰ってから職務のかたわら諸外国の事情を紹介した書物を読みあさり、しだいに世界の情勢に目を開かれるようになった。まもなく、インドシナでフランスとの戦争（清仏戦争）が起り、中国はさんざんな負けかたをする。そのころ、江西省の学政（一省の学事を総管する役）となっていた金洵は、母の死によって再び蘇州へ帰って喪に服する。翌年の清明節に友人たちから舟遊びにさそわれ、そのとき傅彩雲《ふさいうん》という妓女《ぎじょ》を見そめて、ひそかにめかけとした。それは、かつてかれが煙台（芝罘《チーフ》）でなじみとなり、出世ののちにすてた妓女と生き写しであった。

喪を終えて北京に帰ってくると、金洵を待ち受けていたのは海外使臣の職であった。各国の侵略の手は、中国周辺にのび、日本には琉球《りゅうきゅう》を、フランスには安南を、イギリスにはビルマを奪われ危険が迫っていたので、海外の事情に通じた人はすべて派遣されていた。金洵は、全権大使としてロシア、ドイツ、オランダ、オーストリアへ行くことに決まった。そこで彼は、中国の国境がはっきり地図に記載されていないため種々の国境紛争が絶えないのであるから、これだけははっきりさせてきたいという抱負をもって出発する。

任地に行く前にいったん帰省して準備にかかる。彼は、遠まわしに夫人の同行を拒むと、夫人のほうでも「公使夫人ということになれば、握手したり接吻《せっぷん》したりする外国の風習にしたがわなければならないだろう。それは名門の出の自分にふさわしくないことだ」と思っていた。そこで、家の管理もしなければならないし、健康もすぐれないということを表向きの理由にして、正式に彩雲をめかけとして家に迎え、ヨーロッパへ連れてゆくことをすすめる。かくて一八八七年五月、ドイツのサクソン号に乗って、彩雲をともなった金洵はベルリンに向う。彼は船中で催眠術の実演を見て、なれあいではないかと疑い、ためしにこっそり一婦人乗客にかけさせてみると、やっぱり成功するので、しきりに不思議がる。

この婦人は夏雅麗《シアヤリー》といって十数個国語に通じ、中国語も自由に話せるということを知り、彩雲にドイツ語を教えてもらうことにした。彩雲は十日たらずでドイツ語が話せるようになる。船は地中海にはいり、金洵と彩雲がイタリアの火山をながめていると、血相を変えた夏雅麗がピストル片手に部屋におどり込んで詰問する。無断で催眠術をかけさせたことがばれたためであるが、船長の質克《チーク》が駆けつけてなだめ、一万五千マルクの慰謝料で示談にさせた。彼女はアナーキストで、完全な平等世界を作りたいという理想をいだいて東奔西走している。七月になって金洵らの一行はベルリンに到着したが、ちょうどウィルヘルム一世の崩御のために皇帝への謁見はおくれ、ロシアへの赴任ものびのびになった。

このころ、北京では「公羊学《くようがく》」が流行し、この学派以外の人は問題にされないありさまであった。おりもおり、西太后が万寿山に隠居することを宣言したので、政治の腐敗と絶縁する好機の到来を人々は祝福した。

思想界の革新は、古典の解釈から始まった。孔子の思想は、「衛」から「魯《ろ》」に帰ってから一大変化が起った。彼は初め「周に従う」主義であったが、しだいに「周」の制度が天子や、諸侯に都合がよくて平民は圧迫されていることをさとり、『春秋』を作って、すべての人に国家の政治に関与する権利があることを示そうと考えたというのである。孔子の場合は単なる学説にすぎなかったが、今日のヨーロッパ諸国で、民権が拡張され国勢が日に盛んとなるのは、孔子の理想が実現されているからである。したがって、孔子の公羊学説を中国で実行することが、今日の中国の衰運を救う急務であると彼らは主張した。このような公羊学の主張が流行した背景には、孔子の学問経歴の研究にことよせて、「変法自強」政策を推進しようとする一派が頭をもたげてきたことを示している。

金洵は、ベルリン滞在中に詳細な中露国境地図を手に入れて北京に送り、ペテルスブルクに着任してからも、中国西北国境に関する資料を集めては研究していた。ベルリンで彩雲を見そめたドイツ陸軍の瓦徳西《ワルデルゼー》中尉は、彼女の後を追ってペテルスブルクに転勤し、しきりに接近しようとする。そのとき、ロシア皇帝暗殺未遂事件が起る。「一八八一年一月一一日に、民意党が上書した国事犯の大赦と国会開催の二条件」の返答を爆弾を片手にもって皇帝に迫った女性こそ、夏雅麗であった。彼女は近衛兵に捕えられて、秘密裁判の結果死刑になる。こうした事件のあと、瓦徳西は彩雲と人目を避けて公園で密会を続けていたが、金洵の任期三年も満ちて帰国することになる。瓦徳西中尉も、彩雲に未練を残しながら本国へ呼び返された。

帰国の際も、偶然またサクソン号であった。彩雲はここでも、いろいろ事件を起しながらとにかく無事に上海に上陸した。

帰国すれば、さっそく宴会である。ちょうど重陽の節句であったので、金洵は、日本から任期を終えて帰国した呂順斎《りよじゆんさい》（モデルは黎庶昌《れいしよしよう》）らに招かれる。話題は、日本の進歩の速さ、中日両国の予想される紛争から、中国の自強策にまで及ぶ。技術の改革、貿易の伸張を唱える実利主義者もあれば、政体の変革、教育の普及こそまず第一にすべきことと説く者もある。こういったところで、小説に託した作者得意の中国革新案を展開しているのである。

さて、金洵は北京に着任することになって上京するが、途中でちょっとした事件に巻き込まれ、荘煥英《そうかんえい》（張英桓《ちようえいかん》）の恨みを買った。そのため、着任後過労のため病気療養をしているあいだに、パミールで起ったイギリス・ロシア両国の国境紛争にからんで、ベルリンから送った例の地図がロシア側に有利になっていると弾劾される。結局は金洵のせいでないことが判明して、いちおう無事におさまるが、その後も荘煥英はふくむところがあって、金洵に会えばいやみをいう。

ヨーロッパへ出かけてから、素行のおさまらなかった彩雲は、召使との情事がばれて金洵に仲をさかれると、こんどは役者狂いを始める。病気がすっかりなおりきらない上に、勤めのほうもおもしろくない。そこへ未練の断ち切れぬ彩雲の情事のうわさを耳にして、逆上した金洵は、心労のためついにふたたび起てぬ病床につく。高熱にうかされた彼の眼前に、彩雲と関係のあった瓦徳西中尉、質克船長、召使、役者の姿が次々に浮かんで彼を苦しめる。最後に彩雲を見ると、以前にすてた妓女と錯覚し「かたきを討ちに来た！」と叫んで、手厚い友人の看護もむなしく三日後には息をひきとった。

一方、朝鮮の風雲は急をつげ、東学党の乱がきっかけとなって、中国からは北洋大臣李鴻《りこう》章《しょう》が出兵し、日本は大鳥圭介《おおとりけいすけ》が兵を率いて対抗し、ここに日清戦争が始まった。戦闘が始まると、陸軍はしだいに北方に押され、海城、旅順も奪われる。海軍は、黄海の海戦で主力艦隊の大半は撃沈され、司令長官丁雨汀《ていうてい》（丁汝昌《ていじょしょう》）は自殺する。中央の高官たちは戦争をきらって、ふだんと変らぬ日を送っている。こうして、ついに李鴻章を馬関に送って講和条約を結ぶことになった。

宮廷内では西太后と皇帝が、皇后の決定をめぐって対立し、清朝の前途はあやぶまれる状態である。

　また、広東に根拠地をおく革命党人は、孫汶《そんぶん》（孫文）を中心に武装蜂起《ぶそうほうき》の準備を進めている。そのために必要な武器をドイツから輸入したが、清朝の税関吏に発見されて没収され、責任者の陳青《ちんせい》（陳清《ちんせい》）は日本に亡命して日本の「支那浪人」の保護を受ける。しかし、革命の機運はしだいに盛り上がって、秘密結社の哥老会《かろうかい》、三合会も、孫汶らの青年会と合体して興中会が組織され、新しい社会のにない手は生れた。

　金沟の遺族は、素行のおさまらぬ彩雲をもてあまし、いつまでも北京にいては外聞が悪いので、急いで遺体を守って上海に向い、ついで故郷の蘇州へと帰る。彩雲は上海から一行と別の船に乗り、そのまま行方不明となった。彼女は、北京で深い仲となった役者と上海にかくれ、曹夢蘭《そうむらん》と改名してふたたび妓楼《ぎろう》に姿をあらわす。

　小説は彩雲の船が行方不明となるところで終るが、初めの構想では、このあと、戊戌政変《ぼじゅつせいへん》、義和団事件、八個国連合軍の司令官瓦徳西将軍と彩雲の再会、彼女の活躍が描かれる予定であったらしい。筋書きを見ただけでもわかるように、舞台は中国全土にわたるだけでなく、ヨーロッパ、ロシア、日本にまで及び、サン・シモンの学説を引いたり、ロシアの虚無党（ナロードニキ）の活動を描いたりして、作品の間口を広げ、宮廷内の混乱、官吏の汚職、外国人へのへつらい、民族の危機に対する支配階級の無関心さ、革命運動の高揚にいたるまでの各種各様のインテリの生態を、清朝末期三十年の歴史のなかに描いて作品に奥行を与え、作者の理想的世界像を浮彫にしようとしている。

発端の「奴楽島」の一節は、作者の説明によれば、友人の金松岑《きんしょうしん》が書いたものという。金松岑は、宮崎滔天《みやざきとうてん》の『三十三年の夢』を訳した人である。物語を仙境で得たとしている点は、『紅楼夢』などとまったく同じ趣向であり、その他の手法も伝統小説と変らず、また伝統小説につきものの遊戯的要素をたぶんに残している。しかし、作者の危機感は全編にみなぎっており、「譴責小説」のなかの傑作である。

二　五・四運動から大革命まで

近代文学の礎石——魯迅の二作——

魯迅は紹興《しょうこう》の「読書人」（インテリ地主階級）の家に生れたが、清朝政府の高官であった祖父が、ふとしたことから獄につながれ、つづいて、父親がなくなったため、落ち目になった旧家のみじめさをなめながら少年時代を過ごした。そのころ、彼の周囲の青年は、「経書を学んで官吏の試験を受けるのが正当なコースであり」（『吶喊《とつかん》』自序）、さもなければ、幕友（地方官の私設秘書）か商人になるのが普通であったが、彼はそのどちらの道も捨て、官設の技術学校という第三の未知の道を選んで故郷をあとにした。それは、毛唐に魂を売り渡すものとして、保守的な人たちから恐怖と嫌悪《けんお》の目で見られた道であった。そこで彼は、はじめて初歩的な近代科学に接して目を開かれ、西洋医学を学んで中国人を漢方医の害毒から救い、さらに「国民の維新に対する信仰を促進しよう」と決心して日本に渡り、仙台医学専門学校に入学した。しかし、ある日、ロシア軍のスパイとして処刑される中国人と、それを取り巻いてぼんやり見物している中国人の姿を写した幻燈をみせられたことが転機となって、彼は医学を捨てた。肉体の健康を守ることよりは、精神の改造のほうを急務と考えるようになったからである。それ以前からも、文学には深い興味を示していたし、また留学してくる中国人学生が、たいてい法律か政治でなければ工業などの実学を学んで、それで立身出世をはかろうとするありさまをにがにがしくながめていたので、文学を彼の理想実現の方法として選んだのである。そこで、数人の同志を集めて『新生』という雑誌を出そうと計画したが、いざ出版というときになって、原稿を引き受けた者も、出資を約束した者も姿をくらまして失敗に終った。次に弟の周作人と協力して『域外小説集』という諸外国の近代小説の翻訳集を出版したが、売れ行きがひどくわるくてこれも失敗した。彼の最初の意気込みは、空転して実を結ばなかった。

失意をいだいて帰国し、故郷で化学や生理学などの教員生活を送っていたが、まもなく一九一一年の辛亥革命《しんがいかくめい》が起った。日本に留学中に弁髪を切った魯迅は、郷里で「にせ毛唐」と呼ばれて敬遠されていたが、「革命軍」の到着とともに校長に祭り上げられた。だが、そこで見た青年たちは、革命に便乗して私欲をはかる俗物であった。彼は青年に寄せた期待を裏切られ、すすめられるままに教育部の役人となって南京へ赴任した。国語問題に取り組むうちに政府が移転したので、彼も北京へ移ったが、移ってからも古碑の拓本を集めたり、郷土史や古い小説の研究をしながら沈黙を守っていた。

辛亥革命は、満州人の政府清王朝の打倒には成功したが、そのあとに無数の軍閥が勢力争いを始め、各地によって小王国を作ったので、ひとりの皇帝が多数の軍閥と交代しただけとなった。民衆の生活はいっこうによくならぬ上に、一九一六年には、張勲が清朝最後の皇帝宣統帝をかついで「王政復古」をしようとした事件まで起って、中国の将来はますます混沌《こんとん》としてきた。魯迅もたまりかねているところへ、留学時代の友人銭玄同が尋ねてきてしきりに執筆をすすめたので、断りきれずに小説を書いた。それが一九一八年五月『新青年』に発表された、事実上の処女作ともいうべき〈狂人日記〉である。

〈狂人日記〉

ある狂人——その人は今はよくなって役人になっている——の日記を手に入れたので、地名と人名だけを変えて発表する、と作者はまえおきして、狂人の目に映った世界の記録、日記の本文にはいる。

おれを取り巻くものは、趙家《ちようか》の犬も趙貴翁《ちようきおう》も、子供たちまでもおれをじろじろ見て何かこそこそいっている。自分にも思い当ることがある。二十年前古久先生《こきゅうせんせい》の古帳簿を踏んづけたからだが、そのときはあの子供たちはまだ生れていなかったはずだ。きっと両親が教えたにちがいない。おれは書斎に閉じ込められてしまったので歴史を調べてみた。ところがどうだろう。どのページにも「仁義道徳」という字が書いてあって、その字のすきまに「人間を食う」と書いてあるではないか。数日前、狼子村《ろうしそん》の小作人が来て、村の大悪党をなぐり殺して食ったといっていたが、彼らは人間を食うことができるのだから、おれを食うことだってできないとはいえない。彼らがどういうふうに片づけるか研究することにした。すると凶悪な目つきをした老人が兄といっしょに来て、診察するという。もちろん肉づきのぐあいを見にきたのだ。帰りぎわに「さっそく食べるんですな」とすすめ、兄もうなずいていた。仲間を集めておれを食う人間が兄だとは、一大発見である。そういえば、明《みん》の李時珍《りじちん》の本には「人肉は煮て食える」とはっきり書いてあるし、兄も「子供を交換して食う」ことを講義してくれたことがある。彼らは、おれを殺すだけの勇気がないから自殺するのを待っている。

おれは、まず兄から「人間を食う」ことをやめるように説得しよう。「みんな人間を食おうと考えながら、食われはしないかとびくびくしているが、こんな考えを捨てたらどんなにのびのび暮らせることでしょう。人間を食う人間は、人間を食わない人間に比べてどんなに恥ずかしいかを自覚して、一歩向きを改めたら、みんなが平和になるのです」と兄にいったら、初めは冷笑していたが、しだいにけわしい目をして、ちょうど門の中にはいってきていた人たちに「気違いを見て何がおもしろい」とどなりつけた。また一つ発見した。改心する気がないだけでなく、「気違い」という名をかぶせれば、無理もないと思う人だってでるだろう。そういえば、「悪党」を食ったというのも、この手かもしれない。

四千年来しょっちゅう人を食ってきた場所に、おれも長年暮らしてきたのだ。五つのとき死んだ妹は、兄に食われたにちがいない。おれは知らぬまに、料理にまぜた妹の肉を食ったかもしれない。こんどはおれの番になったのだ。人間を食ったことのない子供は、まだいるかもしれない。「子供を救え!」

『新青年』には、陳独秀《ちんどくしゅう》、呉虞《ごぐ》らの「反礼教論」が誌面を飾っていたが、それは古いものを否定することで、自分の立場の新しさを誇っていた。ところが、この作品では、「人間を食うのは、おれの兄貴だ。おれは人間を食う人間の弟なのだ。おれ自身は人間に食われる。しかし、人間を食う人間の弟であることに変りはない」とはっきりといいきっている。そこに脱出の道はない。たとえ人間に食われても、その罪は消えるものではない、という追いつめられた「恥ずかしさ」、被害者であるが同時に加害者であるという救いのない場所、このどん底から儒教中心の古い道徳に必死の反抗を加えるというのが、彼の本格的な文学の出発点となった。そしてこれは以後の作品にも共通する彼の文学の特色となっている。

封建道徳を、「食われる」という恐怖に結びつけた魯迅の徹底した自覚が、狂人の異常心理を通して語られると価値が逆になった。普通の人間だと思っているほうがどんなに異常で、狂人の主張がどれだけ正しいものか、だれの目にも明らかである。自分も同罪だ。だからこそ「まだ人間を食っていない子供」は救わねばならないという叫びのなかに、進化論とニーチェの思想が色濃く影を落としている。「まだ人間を食っていない子供」のなかから、出現するかもしれない天才のためにも、彼はもはや沈黙してはいられなかった。小説と評論を次々に書き、一九二一年には、彼の代表作であり中国近代文学が生んだ名作の一つである〈阿Q正伝〉を巴人のペンネームで北京の『晨報副刊』に連載した。

〈阿Q正伝〉

主人公の阿Qは、未荘《みそう》の地蔵堂に夜は寝て、麦刈や米つきなどをして生活する日雇い農夫である。忙しいときには人々は阿Qを思い出すが、ひまになると忘れてしまうのだから、ほんとうの姓名や出身地はだれにもわからない。

阿Qは非常に自尊心が強い。自分以外の人間は、村人たちの尊敬する金持の趙旦那《ちょうだんな》や銭旦那《せんだんな》でさえ軽蔑《けいべつ》している。もっとも、彼も「完璧《かんぺき》な人物」とはいえない。惜しいことに頭におできのあとの「はげ」が点々とあるからである。

ひま人たちは、阿Qがくると、「明るくなったぞ」とか、「なんだランプがあったのか」といってからかう。阿Qは相手が弱いとみると罵倒《ばとう》したりなぐろうとしたりしたが、いつも負けるのでにらみつけることにした。しかし、それだけではまだ勝ったとはいえないので、自分の「はげ」は高尚《こうしょう》な、りっぱな「はげ」だと考え、人からなぐられても、「せがれにやられたようなものだ。いまの世の中はさかさまだ」と考えてたちまち満足した。もっとひどくなぐられると、「おいらは虫けらさ——もう放してくれ」と頼み、そのあとで自分は自分を軽蔑できる「第一人者」だと考える。「軽蔑できる」というのをのぞくと、「状元」（官吏登用試験の最終段階に一番で合格した人）と同じ「第一人者」である。そこで阿Qは満足する。彼はあるとき賭博《とばく》に勝って有頂天になった。ところが大げんかが始まり。ようやく起き上がってみると、彼の銀貨の山はなくなっていた。このときは、今までのやりかたではどうも満足できなかった。そこで右手で自分の横つらをなぐって、「なぐったのが自分で、なぐられたのは別の自分」——それがしだいに他人のように思われてくると満足した。このようにすべての失敗は頭の中で勝利に変えられた。

阿Qの自尊心は、ひげぼうぼうではげのある王より、しらみが少なくても傷つけられる。そこで王にいいがかりをつけてなぐりかかったところが、逆に負けてしまう。腹だちまぎれに、ちょうど通りかかった銭旦那《せんだんな》の長男の「にせ毛唐」――断髪したところが、周囲がうるさいのでかつらの弁髪をしている――を腹の中で罵倒する。それがつい口から出てしまったので、また、ステッキでなぐられる。「ひげの王」も「にせ毛唐」も、阿Qは日ごろ人間以下と考えているので、これは屈辱であったが、こんどは「先祖伝来の宝物」である忘却という手を使う。上きげんになっているところへ、静修庵《せいしゅうあん》の若い尼さんがやってきたので、その頭をなでてうっぷんを晴らした。

中国では「不孝に三あり、あとなきを大となす」(『孟子』)という考えが根強く残っている。子供がいて祭ってくれなければ、死んでから霊魂が飢える、という民間信仰があるので、若い尼さんが「跡取りなしの阿Q!」と泣きながら投げつけたことばは、意外に阿Qには強くひびき、それ以来このことばが彼の頭にこびりついて「女、女」と考えるようになる。ある日、阿Qは趙旦那《ちょうだんな》の家で米つきをした。晩の食事の跡片づけをすませた女中の呉媽《ウーマ》が、阿Qに話しかけてきたので、彼は急に呉媽にとびかかって「おめえ、おらと寝ろ」と言いながら足元にひざまずいた。驚いた呉媽は、大声をあげて表へ駆け出し大騒ぎになった。阿Qはなぐられたうえ罰金までとられる。それ以後は、阿Qを見ると女は逃げかくれ、雇い手がなくなった。今まで阿Qを雇っていた人が、小Dを雇うようになったからである。腹のへった阿Qは、静修庵にしのびこみ、大根を盗んで食いながら、村をあとにした。

阿Qが村へ帰ってきたのは、中秋であった。彼は町で見てきた革命党の打ち首を、夢中になってみんなに話す。いまや阿Qの地位は、趙旦那の上とはいえないまでも、同等といってもよいくらいであった。彼は金まわりもよくなっていたが、それは町でどろぼうの見張りをして分け前をもらったからであった。

宣統三年九月、革命が起った。一四日のま夜中に、一隻の大きな船が趙家の河岸に横づけになった。町の挙人旦那《きよじんだんな》が避難してきたとか、衣装箱を預けにきたとかいううわさである。阿Qは、「革命党というのはむほんで、自分にはぐあい悪いものだ」と思って革命党をにくんでいたが、百里四方にその名を知られた挙人旦那さえちぢみあがらせるとすれば、「革命も悪くないぞ」と考え、昼酒を二杯ひっかけると、「むほんだ、むほんだ」と叫んで歩いた。すると趙家の旦那たちも心配になり、阿Qから革命党のことを聞き出そうとして、「Qさん」と呼んだりする。革命党が入城したことを知ると、にせ毛唐や趙秀才はさっそく革命党になって、

「静修庵」の「皇帝万歳」と書いた額を革命の血祭りにうちくだいてしまった。革命党が来てからも、知事はやっぱりもとのままで、変ったことといえば、弁髪を頭のてっぺんにぐるぐるまきにする者が、ふえただけである。阿Qは銭家のにせ毛唐のところへ行って、革命党になろうとしたが、ステッキで追い出されてしまった。阿Qは革命に絶望した。彼の抱負、意図、希望、前途、それはすっかりご破算になった。

突然、趙家が強盗におそわれた。阿Qがうかがっていると、あとからあとから衣装箱をかつぎ出しているようだ。しかし、「にせ毛唐が阿Qに革命を禁止したから阿Qは誘われないのだ」と思ってぷりぷりしている。四日目の夜、一隊の兵士と自警団と警察官が地蔵堂を包囲し、正面に機関銃をすえつける。阿Qは眠っているところを難なくつかまり、町へ連れて行かれて取り調べを受けたが白状することがない。うちつづく強盗事件に業をにやした隊長は、見せしめのために阿Qを死刑ときめた。阿Qは、署名の代わりに丸を書かされるが、生れてはじめて筆をにぎったので、手は震えて丸はゆがんだ。しかし、「ばか野郎こそ、まんまるい丸が書けるんだ」と考えると満足して牢屋《ろうや》のなかで眠った。翌日引き出された阿Qは、町を引き回されて刑場へ連れて行かれた。「人間と生れたからには、ときには首をちょんぎられることもないわけではない」と考えても、彼はもはや勝利感にひたることはできない。悲しそうな目で左右を見ると、見物の群衆の目が、以前にみたおおかみの目にそっくりで、彼の魂にかみついた。「助けて!……」

この作品は、九章に分かれていて、第一章は旧小説派の大将林紓《りんじょ》と、新文学の花形胡適《こてき》とを嘲笑しながら、阿Qの紹介をしている。第二、三章では、阿Qの精神勝利法が説明され、第四、五章で、精神勝利法が若い尼さんの「跡取りなしの阿Q!」ということばのために、しだいにくずれてゆく過程が描かれる。町へ出て行って羽ぶりがよくなって帰ってくるが、辛亥革命の犠牲となって殺されるまでが第六章から第九章である。第一章はかなりふざけた調子で書き始められているが、しだいに魯迅はまじめになって、阿Qのなかに深くはいり込んで行った。銃殺の場面で、おおかみの目と群衆の目が重なるところは、息づまるようである。「助けて!」という悲鳴は阿Qのものであるが、同時に魯迅の声でもあったろう。

こうして描かれた作品は、「人間が人間を食う」社会の典型的縮図となった。呉媽《ウーマ》の事件にかこつけて、自分の家の祭りの費用を阿Qからとりあげ、阿Qがどろぼうの見張りをして得た品物は、安くまきあげようとする悪どい地主、革命が起っても、結局はこれらの旧勢力がいばるだけである。しいたげられた人々は、互に争い傷つけ合い、阿Qの銃殺には見物に押しかけて、「あんなに長いあいだ引き回されながら、歌ひとつうたえないなんて、ついて回っただけ歩き損だった」と失望する。このように、人々の心が通い合わぬところに「人間が人間を食う」社会が成立しているのだ。辛亥革命に裏切られた魯迅の心の痛手が、まざまざと見られる。

では、魯迅が最もにくみ、力を入れて描いた精神勝利法とはどんな構造をしているか、第二章の初めに説明されている。まず何よりもうぬぼれの強いこと。そして阿Qのうぬぼれは彼の次のような論理によってささえられている。「自分は町へ何回か行ったから村人よりはえらい。町の人は物の名前など自分の呼びかた（つまり村人一般の呼びかた）とちがっているから軽蔑すべきである」。これだけではまだ不十分なので「村人は町の様子を知らないからいかものだ」（自分の呼びかたが村人と同じであっても、自分と彼らは同列ではない）。そこで阿Qほどえらいものはいないことになる。要するに観念的な操作で自分の失敗や敗北を勝利として受け取るというのが阿Qのものの考えかたである。しかし、このやりかたを他人が使っては困るので、他人が使うのは認めない――第五章で小Dが使うと、阿Qはますますおこるのがそれである。

「人間が人間を食う」社会の壁は、この精神勝利法で保護されていると、魯迅は見抜いた。

これを否定し、これを克服しなければ、新しい人間関係は生れてこない。これを打ち破るためには自己改造が、当面の課題だと魯迅は考える。しかし、作中人物の阿Qはこうは考えない。彼にとっては、精神勝利法は決して負け惜しみではなく、彼の楽天性をささえている確信である。これは、のちになってあらわれるインテリと労働者農民の革命に対する態度の相違ともなるのである。

〈阿Q正伝〉がはじめて発表されたとき、この作品は自分のことを知っている人間が、自分を風刺したにちがいないと感じた読者が多かった。そこで作者を調べて自分とは無関係だとわかると、「あれは自分のことではない」と弁解して回ったものもあったといわれる。ついで一九二八年になると、「革命文学派」の評論家、太陽社の銭杏邨《せんきょうそん》が、中国の国民性の悪い面を集中的に表現し、辛亥革命初期の農民思想を解剖した点は認めるが、いまや中国農民は組織された革命に参加しているので、もはや「阿Qの時代は過ぎ去った」といって作品の価値を抹殺《まっさつ》しようとした。そのとき、魯迅は「革命文学派」にとって敵とみられていたから、革命的な農民が描かれていないこの作品を否定しようとしたこともうなずけないではない。戦後になっての代表的な評論は、馮雪峰《ふうせっぽう》の〈阿Q正伝論〉である。戦闘的な批判家であり戦闘的な啓蒙主義者《けいもうしゅぎしゃ》である魯迅は、小説を借りて思想批判をしたのである、したがって、阿Qは人物の典型化というより精神の典型化であって、阿Qと阿Q主義である精神勝利法は、統一しうると同時に分離すべきである、と論じている。革命の主体であるはずの農民が、阿Q主義者であるというのでは、矛盾すると考えたためであろう。それに対して、新進評論家の李《り》希凡《きはん》は、阿Qは、時代の支配的な思想である支配階級の悪徳に、必然的に影響されているけれども、阿Qと阿Q主義は分離すべきではない。分離すれば阿Qは典型的形象ではなくなる、とマルクス主義文芸観の機械的適用に反対している。

魯迅は、小説が個人攻撃の材料として扱われ読まれることに、くり返し反対した。それは、「この小説は何某を風刺したものだ」ということが、ちょうど「気違い」というレッテルをはって自分は安心するというやり方とまったく同じであるからだ。事実、作中の支配層も被支配層も、だれもが「精神勝利法」をかくれみのにして「人間が人間を食う」社会の現実を直視しようとせず、中国の進歩のために一歩踏み出す努力を惜しんでいる。その心理構造を明確に描き出して、この暗い現実をすべての人が自覚し、新しい道に進み出ることを魯迅は訴えたかったにちがいない。時と所によってさまざまな解釈が生れ、また時と所を越えて、人々の眼前に自分の醜い姿をありありと映し出す鏡となっている点からも、形式上の不統一にもかかわらず中国近代文学の代表作と呼ぶにふさわしい作品である。

三　異国と祖国――郁達夫、聞一多、郭沫若の文学の一断面――

魯迅から一時期おくれて日本に留学した世代に、郭沫若、郁達夫、成仿吾らがある。彼らは一九二一年ごろ、日本で創造社という文学団体を作った。郭沫若の詩集『女神』、郁達夫の短編小説集『沈淪』、ほか翻訳二点を合せて四冊が創造社の出発点であったが、既成道徳への反抗と個性の解放をうたった郭沫若よりも、もっと大きなセンセーションを巻き起したのは、郁達夫の短編小説〈沈淪〉であった。

魯迅に〈藤野先生〉という作品があって、日本人の学生のなかにまじった中国人が、どんな目で見られていたか、日本の中国蔑視《ちゆうごくべつし》が、どのような痛手を魯迅に与えたかが描かれている。魯迅が医学を放棄して文学に向った一つの動機が、この作品の試験問題漏洩事件と幻燈事件のなかに求められよう。

しかし、日本人の中国蔑視は、当時はまだそれほど一般的ではなかった。たとえば、魯迅が水戸で旅館に泊ったとき、宿帳に「支那」と書いて、ていちょうに扱われたという話がある。ところが、郁達夫の留学時代には、事情はすっかり変っていた。彼は屈辱感に悩まされつづけた。〈沈淪〉には、その悲痛な体験が織り込まれている。

〈沈淪〉

長兄の視察出張にともなわれて日本へ来た「彼」は、第一高等学校の特設予科（中国人の留学生のために設けられた課程）を修了すると、第八高等学校へ入学するために名古屋へ移った。九月からの新学期にはまだ間がある。八月下旬の名古屋はひっそりとしていた。

荷物を送っておいた下宿では、前にも中国人の留学生がいたことがあるので待遇がよい。彼は、前途に何かよいことがあるような予感がする。しかし彼を取り巻くものは静かな田園風景だけで、都会から移ってきたばかりの目には何もかも単調に映り、いても立ってもいられないほどの孤独感に責めさいなまれる。学校が始まって友人もでき、自然とも親しめるようになると、やっと都会へのはげしい郷愁も薄らいできたが、年も越えて初夏の風が吹くころには、平常見るイヴの子孫が、すっ裸になって彼を誘惑し始める。寝床のなかで犯す罪もたび重なってくると、潔癖であった彼も、さまざまな妄想《もうそう》が眼前にちらついてしだいに人と顔を合わせるのがいやになってきた。学校へ行けば同級生の冷たい目を意識し、留学生の友人と話をしても必ず後悔して、ついにだれとも絶交する。そんな彼が、自殺への一歩を踏み切らずにいるのは、十七歳になる下宿の娘を深く愛しているからであった。心では愛していたが、ひとことも話しかけることができず、顔を合わせるといつもどぎまぎする。ある土曜日の夜、下宿の学生たちがみな出かけたあとで、二階にひとりぽつんとすわっていると、下の浴室から湯を使う音が聞えてきた。階段を下りて便所にはいると、その窓から浴室のなかが手に取るように見える。彼は罪を意識しながらのぞくうちに、娘に感づかれてしまった。

翌朝主人と娘に顔を合わせたくなかった彼は、追われるように下宿を出てめくらめっぽうに東へ歩いて行き、梅林のなかの一軒の空家を見つけて、すぐその家へ引っ越した。そのころ北京に帰っていた兄とささいなことからけんかして、彼は医科から文科へ移り、それを一生長兄を敵視する記念にしようと考えたりした。ある日、肉親と仲たがいするまでにこうじてきた彼の神経を、さらに乱す事件に出会った。人里離れた梅林のなかの一軒家を出て、ミレーの田園風景とそっくりの稲田を眺めながら、彼は自分の度量の狭さを笑って「許してやるぞ！　おまえたちが、おれに働いた無礼はみな許してやる。みんなおれと仲直りに来い！」と考えたとき、ぼんやり立っているかたわらのあしの草むらのなかから、あいびきする男女の会話と物音が聞えてきたのである。彼の神経は、またもや狂いたった。

彼は夕日のなかを南へ南へと歩き、おりよく来た電車に飛び乗ってそのまま終点まで行った。気がつくとそこは築港で、彼は岸辺の料理屋を見て引き込まれるように、ふらふらとはいって行った。こういうところには芸者がいるそうだと思うと、期待と不安に急に顔色まで変ったが、歯を食いしばって上がり、酒と料理を注文した。酌をする仲居が「お宅はどちら?」とたずねるが、彼はどもって返答ができない。日本人は中国人を、「支那人」と呼んで軽蔑する。彼はうら若い女の前で「おれは支那人だ」と答えて軽蔑される羽目におちいったのである。ふるえる彼を見て、仲居は気をおちつかせるためいったん部屋《へや》を出たが、ふたたび階段を上がってきたときには、別の客を隣室へ案内するのであった。隣室の客が仲居をからかう声を耳にすると、彼は「畜生ども! みんなしておれをばかにする気か! 復讐《ふくしゅう》だ、復讐だ。きっと復讐してやるぞ。世のなかに真心のある女なんかいるもんか。仲居のうそつきめ。とうとうおれをおきざりにしたな! おれはもう女など愛さん。おれは二度と女など愛さんぞ。おれは祖国だけを愛するんだ。おれの祖国を恋人にするんだ」と興奮して考える。しかし、隣室の俗物たちをうらやましいとも思い、やつぎばやに酒をあおって、詩を吟じながら酔いつぶれてしまった。目がさめてみると赤い絹ぶとんのなかに横になっている。起き上がってよろめく足もとを踏みしめながら勘定をすませると、彼の懐中には電車賃さえなくなっていた。彼は月光のなかで涙をぼろぼろ流しながら、昼間の自分を痛罵した。「おれはすっかり下等な人間になってしまった。後悔したってだめだ。後悔しても追いつかない。おれはここで死んでしまおう」「祖国よ、祖国！　おれの死はおまえのせいだぞ」「おまえよ、早く富み強くなってくれ！」「おまえにはまだ多くの子女が、あちらで苦しんでいるのだ！」

「自分はなんだってわざわざ日本へ来たのか。なんのために学問を求めねばならぬのか。日本へ来た以上、当然やつら日本人から軽蔑されずにはすまないのだ。中国よ、中国よ、なぜ富強にならないのか。自分はもはや耐えられない。故郷にだってうるわしい山河がないわけではない。花のように美しい女がいないわけではない。なんのためにわざわざ東海の島国に来たのだろう」こうした悩みと疑いは、ひとり郁達夫だけのものではなかった。しかし生れつきおくびょうな青年である彼にとっては、郭沫若のように日本の少女に恋し結婚するということは、望むべくもなかった。多感な彼は、抑圧された性の悩みと弱国意識に耐えかねて、それを大胆率直に表現した。これほど性の本能的欲求をあからさまに描いた作品は当時の中国にはなかったので、「背徳」、「淫書《いんしょ》」といった非難があびせられたが、周作人などはこの作品をむしろ高く買い、こうして彼の名声は上がった。だが、作品の構成にはくり返しが多く、表現は意余って力足らず、必ずしも成功作とはいえない。しかし、中国を離れて留学していた当時の青年たちの、はげしい祖国愛がうかがわれると同時に、郁達夫の作風を知る上では重要な位置を占める作品である。

ところで、中国人を軽蔑したのは日本人だけではなかった。アメリカ人の侮蔑《ぶべつ》のなかで、遠い祖国を思いながら、聞一多は〈洗濯《せんたく》の歌〉を作っている。

〈洗濯の歌〉

アメリカに留学した中国人学生は、「おまえの親父《おやじ》も洗濯屋か?」とよくたずねられる。アメリカにいる華僑《かきょう》には洗濯屋が多く、それは卑しい職業とされていたからだ。

「牧師さまのおっしゃるには
キリストの父は大工です
信じておいででしょうね?」
職業に貴賤はない。
「年去り星移れど故郷は恋しい
夜半のかすかな燈火のもとで

卑しい仕事といわばいえ
汚れとしわのありかをば
『支那人』にきけ『支那人』に」

そればかりではない。「アメリカ人の偽善の涙をぬぐったハンカチも、罪にけがれたシャツも、まっ白に清めているのは中国人だ」、と高らかにうたいあげている。

郭沫若の『女神』を痛烈に批判して、ヨーロッパふうの詩の模倣に反対したが、彼は決してがんこな国粋主義者ではなく、西洋人が中国語の詩を作るようなバタ臭いものをきらっただけであった。彼の心の奥底には、このように脈打つ愛国心が秘められていたのである。

では、彼らの祖国、中国はどうであったか。日本から妻子を連れて上海に帰った郭沫若は、一九二三年の〈月蝕〉という作品のなかで、祖国も中国人の自由の舞台ではないことに悲憤の涙を流している。

〈月蝕〉

八月二六日の夜、彼は月蝕《げつしょく》があるというニュースを新聞で見て、久しぶりに海をながめ月を見に呉淞《ウースン》へ出かけようと考えた。狭苦しい都会生活に、しだいに活気を失っていた子供たちも、海岸へ行くと聞いておどり上がって喜び、夕方になるのを待ちかねている。汽車で行こうか、自動車で行こうかと思案しながら、タクシーの車代を聞きに行くと、片道五円、往復九円という返事である。これを聞いて彼はこそこそと帰るよりしかたがなかった。まったく法外な値段に、朝からの上きげんはぺしゃんこになり、子供たちにもうそをついた結果となってしまった。しかたがないので、黄浦灘公園（パブリック・ガーデン）へ行くことにした。だが、そこは「犬と中国人は入園禁止」である。屈辱を忍んで彼は洋服を着、妻子にも洋服を着せながら、ふとこんなことを思いついた。犬の入園は事実上禁止できない。ところで西洋人のするカラーは首輪の名残ではあるまいか。そういえば女性の腕輪も手錠《てじょう》の変形のようである。つまり、犬のかっこうをする人間が公園にはいることを許されている。

子供たちにせきたてられて公園に向うと、車内から見る月はすでに欠けていた。月が欠けるのは、天にいる犬がかじるからだと教えると、子供たちは本気でその犬を追い払おうと叫び声をあげる。彼の故郷でも、月蝕があると村じゅうで鐘をつき鳴らし太鼓をたたいて、追おうとしたものであった。北ヨーロッパにも似たような伝説が残っている。もちろん、いまではそれを信じる人はないが、地球上に住む人間のほうが、そのおおかみよりも残忍でたがいに食い合っているのではなかろうか。そんなことを思いつづけているうちに、電車は黄浦江のほとりに停車した。公園にはいってベンチに腰をおろした彼は、ふと故郷の四川のことを思い起こして、まぶたに浮かぶなつかしい山河のことを妻に話すと、妻も東京の夢について話をする。話はやがて岡山にいたころのことになった（郭沫若は、一高の特設予科を終了したのち、岡山の六高で学んだ）。二人が住んでいた隣に、二木という中学校の漢文の先生がいて親交があったが、そこの二女は「お盆」とあだ名される丸顔の色白の娘であった。妹から「出た出た月が……」という唱歌でからかわれては、よく姉妹げんかをしていた。その二木氏の妻は「お盆」を彼と結婚させたいという下心があった様子であるが、「義妹」といつわっていた彼の妻に長男が生れてからは、てのひらを返したように白眼視し始める。しかし、「お盆」だけは少しも変らず、六月のある夜、彼に月蝕のことを告げに来た。もう六年も前のことであるが、過ぎてみればなつかしい思い出である。そのときは、中国人であるがゆえに冷遇されることは少なかった。いまは、長男が「お父さん、毎晩ぼくたちをここに連れてきてちょうだい」ということばにも、中国の土地に中国人が自由にはいれない、という屈辱を思って涙せずにはいられないのである。

「滅満興漢」のスローガンに情熱を傾けた世代と、中華民国成立後に正面にあらわれてきた世代とを強く一本に結んでいるのは、この祖国愛であった。インテリとして海外に派遣された社会的責任は、その人の性格と心理状態がどうであろうと、外から個人に迫るものとしていたるところに存在した。その圧迫感は、作風の相違をふくみながらも常に彼らに民族的目的の追求へと向わせ、思想はもはや教養にとどまらず、現実改革の道具となって体内に脈打っていた。その上、頭脳で考えるよりは肉体で考えるような思想外の生命力は、青年らしい先走った完全欲求を個々の生活行為に向けさせ、破滅的な行動をとらせることになった。

郁達夫の繊細な神経は、現実の試練に耐えられなかった。彼の求める理想は高く、現実は醜い。帰国後、生活問題に追われて北京、武昌など各地の大学を歴任するうち、北方の軍閥の不正に憤慨して、一九二五年には、いち早く革命根拠地の広東に向けて出発した。彼は、もともと政治には向かぬ人間であるので、まもなく失望して上海に帰り、広東政府を攻撃した。やがて創造社の同人との間にも感情のもつれが生じて彼らから離れていった。一九三〇年、左翼作家連盟が結成されると彼も加入したが、目立った活躍はしていない。

社会の傍観者、「余計者」の位置に押しやられて、熱狂と懐疑のあいだを大きな振幅で揺れ動いて彼の一生は終った。たばこ工場の女工や人力車夫に同情して、自分の無力を自嘲《じちょう》した作品や、失われた過去の恋を追憶した作品（「過去」）にすぐれたものがある。

聞一多は、アメリカで油絵を学ぶうちに、中国の伝統的な絵の価値を発見して帰国した。愛国詩人となって帰った彼は、ヨーロッパ模倣の風潮に反対して国粋主義に傾き、各地の大学を歴任して学究生活をつづけた。学者としては、『詩経』、『楚辞』、楽府《がふ》などの研究のほか、古代神話、古文字学、音韻学、民俗学の多方面にわたって、かずかずの業績を残している。詩人としては、魯迅から反動派として攻撃された徐志摩らの『新月月刊』や『詩刊』に、十九世紀ふうのロマンチックな作品を発表し、田間《でんかん》らの新しい詩人を発見したりして、新詩壇のリーダーと仰がれていた。彼は武漢政府に参加してまもなく去り、それ以来、政治には関係しないという態度をとっていたが、抗日戦争が始まると学校の疎開といっしょに奥地へ移り、政治の腐敗ぶりを見て怒りにたえず、昆明《こんめい》で時局を論じた講演を始めた。前進を始めると一歩も退かず、毅然《きぜん》として国民党治下の暗黒政治を攻撃し、ついに一九四六年七月、白昼の街頭で暗殺された。アメリカで祖国に呼びかけた至情そのままに、彼の一生は閉じたのである。

郭沫若は、もっと直線的に突き進んだ。絶えず自己を主張し、新しいものの位置に身を置く彼は、一九二七年の北伐戦争が始まるとすぐ従軍し、武漢政府が解体して身辺に危険が迫ると、日本に亡命して中国古代社会の研究に身をひそめ、抗日戦争が始まると、ひそかに日本を脱出して戦争に参加するなど、青年時代の直情的な傾向そのままに活動した。

彼ら三人に共通する虚偽への反感、嫌悪《けんお》、祖国に対する深い愛情は、まだはっきり敵とそれに対抗する手段を見つけ出していなかった。作品にも生の感情がかなりむき出しであるが、結局この単純な思想が、思想外の圧力をはねのけて、偉大な結果を生むことになったのである。

四　めざめる女性たち――丁玲、茅盾の文学の出発点――

『新青年』が鼓舞した新思想は、五・四運動の発火点として、全中国のすみずみにまで伝わっていった。古い制度は崩壊したと思った若い男女は、明るい未来に向って勇敢に進んだ。娘たちも、儒教道徳から解放されたかにみえたが、魯迅の目に映った女性の地位は、「人間が人間を食う」社会のなかでも、最も悲惨なものであった。彼は、ほんとうの愛情とは何か、家庭の改革と子女の解放のためには何をすべきかについて、いくつかの論文を書いているが、作品では一九二〇年に〈明日〉、二四年に〈祝福〉を発表して、農村の寡婦の運命に集中的に表現されている、女性の悲惨な状態をえぐり出した。魯迅の傑作の一つである〈祝福〉をまずとりあげて、女性がどのような場所におかれていたかをみよう。

〈祝福〉

主人公の祥林嫂《しょうりんそう》は、夫が死んだのでこっそり家をぬけ出し、他の家の女中に住み込んだ。彼女は働き者なので、その家の人々には気に入られるし、彼女自身も家にいたときよりはずっと自由で、仕事も苦痛ではない。ところがある日、婚家のしゅうとが、二男の結婚費用をつくるために彼女をむりやり連れ戻し、山奥へ再婚させてしまう。彼女は再婚をきらって死ぬほど拒んだが、結局は拒みきれなかった。

しかし、そこは夫婦だけの生活で、案外幸福であった。子供がひとりできたが、突然夫はチフスで死に、残された息子もちょっと油断したすきにおおかみに食われて死んでしまう。そこで婚家を追い出され、ふたたびもとの家の女中になるが、再婚した女だというので、周囲から冷たい目で見られるようになる。彼女は生きる張りを失って乞食になり、村人たちが年送りの爆竹を響かせているとき、のたれ死にしたのであった。

祥林嫂を死に追いやった原因は二つある。一つは、儒教道徳にささえられた古い社会習慣である。しゅうとが息子の結婚費用のために、嫁を他へ再婚させて多額の金を手に入れるということは、あたりまえのことで、だれからも非難されることではない。非難されるのは、だまって婚家を逃げ出した祥林嫂のほうである。自分の意思で再婚したのでなくても、「二夫にまみえず」という儒教の教えにそむいた「けがれ」た人間であるから、先祖を祭るといったような神聖な行事に手を出すことは、いっさい許されない。古い社会では、どのように努力してみても、もはやこの「けがれ」は絶対に取り除くことができないのである。

もう一つは、民衆のもつ迷信である。再婚した女は、「あの世でふたりの夫にのこぎりで切って分けられる」と聞いて、祥林嫂は心配になる。地獄へ行って、ふたたび家族といっしょになるとすれば、再婚した女が困るのは当然である。こういった迷信が、民衆と彼女のあいだに垣《かき》を作って、助け合おうとさせない。そればかりでなく、魯迅が別の論文でいっているように、「暴君治下の臣民は、暴君よりも暴である」ので、彼女の死をいっそう早めさせるのである。こういった虚偽を知っている目ざめたインテリ――作中に「わたくし」として登場する――には、この二つの原因を打ち破るだけの力がない。結局、祥林嫂のような位置におかれた女性は、だれからも助けられるあてがなかったのである。

新思想の中心であった『新青年』に、女性解放の論文が続々と載せられると、子供を支配する力と、よりどころを失った「読書人」の家庭から、娘たちは四千年の伝統の重みをのがれ、自由と向上を求めて都市へ進出した。こうした恵まれた女性たちに、一九二三年一二月、北京の女子高等師範学校での「ノラは家出してからどうなったか」という講演で、魯迅は次のようなことを警告した。

「夢から覚めた人は、容易なことでは夢のなかに帰ることができません。そこで、ひとりのノラが家出すると、人々は同情して助けてやるでしょう。しかし、百万人のノラは、みずから家庭のなかで経済権を獲得してこそ、人形から解放されて人間の地位につくことができるのです。そのためには『ねばり強い』戦い以外に手段はありえません。もっと平和な方法は、将来親権を利用して自分の子女を解放することです。そのためには、自分の受けた苦痛をしっかり記憶していて、前人のあやまちをくり返さぬことがたいせつです」

しかし、このような警告よりも、解放の機運のなかにある自由にひたることのほうに、多くのものは熱中した。十三歳のとき断髪して——清朝時代の風習である弁髪を切ることは、古い時代と縁を切って新しい時代に生きようとする意志の表現であった。断髪がどのような意味をもつか、魯迅の〈髪の話〉や〈風波〉によく描かれている——上海へ出てきた丁玲も、そのひとりであった。まもなく彼女は北京へ移り、胡也頻《こやひん》と熱烈な恋におちて同居した。一九二七年、処女作〈夢珂《むか》〉翌年〈莎菲《ソフィー》女士の日記〉を『小説月報』に発表して、彼女は同時代の若い男女から熱狂的な歓迎を受けた。

〈夢珂〉

主人公の夢珂は退職官吏のひとり娘で、上海の美術学校の学生であったが、教師とモデルとの不愉快な事件に憤慨して退学した。彼女は郷里の父親のもとへは帰らず、小学校時代からの友人で、上海へ転宅してきている匀珍《インチン》の家に一時身を寄せた。そののち、おばの家に移ったが、そこには従兄姉のほかに四人の青年男女がいた。夢珂は、従兄の暁淞《ぎょうしょう》の目の美しさにひかれ、またフランス仕込み物腰の上品さにしだいに愛情を寄せるようになる。やはりフランスから帰って絵の教師をしている澹明《たんみん》も、夢珂に心をひかれて写生に誘ったりする。小学校時代の同窓の雅明《がめい》は、彼女をアナーキストの青年たちのところへ連れて行って、「中国のソフィア」と呼ばれる少女に紹介したりする。夢珂は、その異様な雰囲気《ふんいき》に恐れて逃げ出す。またあるとき、暁淞の兄の妻から、いかに愛情のない生活をしているか聞かされて驚く。彼女も暁淞と結婚していれば幸福であったろうと思うにつけても、夢珂はますます暁淞への思いをつのらせた。遊び暮らしていた青年たちは、暁淞が章夫人とあいびきしているホテルへ夢珂を連れて行く。

美しい恋の夢は破れた。「もし君が夢珂を愛していないのなら、ぼくが乗り出してもいいはずだ。万一、夢珂がぼくのいうことをきいたら、そのときになって怒っても知らんぜ――いったいどうなんだ?」、「ハハ、そりゃ君の思いちがいさ。君のチャンスが来たとでも思っているのじゃないのかね? いっておくがね、章とのことはたいしたことじゃないよ。ぼくにはいくらでもいいわけができるさ」その夜、庭の木陰で泣いていた夢珂は、澹明と暁淞の醜い争いを眼前に見て屈辱に耐えかね、おばの家も飛び出した。彼女は映画会社の女優に志願する。じろじろと見まわして役をふりあて、まるで街娼《がいしょう》のような化粧をさせるので、すっかり自尊心を傷つけられるが、批評家は最大級の賛辞を送って彼女をスターに仕上げる。やがて彼女もその生活に同化していった。

丁玲は「旧式な結婚は、売淫と変らない」「新式な恋愛でも、もし金や地位のためならば、旧式の結婚と同じだ」という問題をつきつけて、解放された女は、男のエゴイズムのおもちゃになってはいけないと訴えたのである。

〈莎菲女士の日記〉

胸を病むわがままな少女を取り巻く若い男女の生活が、主人公の莎菲の日記で紹介される。葦弟《いてい》という誠実な青年は、莎菲に献身的な愛情を捧げている。しかし、彼女は彼に友情以上のものを感じることができない。かえって、すらりとしたからだ、色白の顔、薄い小さな唇《くちびる》、しなやかな髪の毛にひきつけられて、「金もうけと散財」に人生の意義を認める俗物、凌吉士《りょうきちし》と恋におちいる。彼はシンガポールの富豪の息子で、ハーバード大学に留学して外交官か大臣になりたいと願っている。それがうまくゆかなければ、父親の仕事をついで、ゴム商売の資本家になろうと考えている。しかも、妻があるのにかずかずの恋愛を経験していて、彼女をもそういうひとりのつもりでいる。そういったことは彼女も承知しているのだが、しばらく彼の顔を見ないと、いらいらしながら来訪を待ち受けるのである。

そこで彼女は、「彼を軽蔑《けいべつ》し蹴《け》とばしてやりたい」と思いながら、一方では、「もし彼がわたしをだきしめ、わたしに彼の全身をくまなく接吻《せっぷん》させたら、そのあとでわたしを海に投げ捨てようと、火のなかに投げ込もうとかまわない」と考える。この理性と肉体の矛盾した願いに耐えかねて、莎菲はついに北京から逃げ出す。

新しい時代の女性の熱情と、性に悩む女心を、このように大胆に表明した作品はそれまで中国にはなかった。この作品で、丁玲の文壇的地位は確立したが、女性解放の道をさぐりあてることは、まだできなかった。古い道徳だけでなく、新しい時代の青年のなかにも、男のエゴイズムはうけつがれている。古い道徳の束縛を自覚して、因襲的な結婚からは逃げ出すことは可能になったが、自尊心をもって自由な生活を送れるようになるには、まだまだ道は開けていなかった。丁玲のひたむきな反抗も、結局は反抗に終って最後は堕落するか逃げ出す以外にないのである。

〈夢珂〉の発表された前年、一九二六年には、魯迅が民国以来最も暗黒な日と呼んだ「三・一八事件」があった。徒手で請願した市民と学生を、段祺瑞政府の衛兵が包囲虐殺した事件である。そのなかに魯迅の教えていた女子師範の学生もいた。女性の政治的自覚はここまで成長していたのである。

一九二七、八年には、蔣介石に率いられた北伐軍が、南京、上海を経て北京へと進攻してきた。しかし、革命に参加した青年たちは、革命の挫折（一九二七年四月一二日におこなわれた蔣介石の反共クーデター、それにともなう武漢政府の崩壊）によって政治に絶望した。武漢政府の政治部で宣伝活動に従事していた茅盾も、政治から身をひいて作家生活にはいった。その最初の作品が、〈幻滅〉〈動揺〉〈追求〉の三部から成る『蝕』である。三つの中編小説は主題も人物も異なっているが、一九二七年前後の社会と、そのなかに生きるさまざまな型の青年の苦悩が描かれている。〈幻滅〉をとりあげてみよう。

〈幻滅〉

S大学の女子学生静《せい》は中学時代は学生運動に熱心であったが、いまは勉強第一に考えて運動から離れている。ちょうど学生たちは、五・三〇事件第一周年記念日の街頭演説と学生間の恋愛の話でもちきっていたが、その記念日の夜、静は中学で同窓の慧《けい》と、静に思いを寄せる抱素との三人で映画を見に行く。慧の不思議な魅力にひきつけられた抱素は、慧にさんざん翻弄《ほんろう》されたあげく逃げられる。悲観した抱素に同情した静は、抱素に愛情をもつようになるが、彼のおき忘れたノートから、彼には恋人があるばかりでなく、学生のなかにはいったスパイであることを知って驚く。彼からのがれるために病院に逃げ込んで、まもなく猩紅熱《しょうこうねつ》にかかる。彼女は処女を失ったことを後悔し、人はだれでも運命の玩具《がんぐ》だとあきらめていっさいの希望を捨ててしまった。

　入院中に静は、革命軍が九江まで進撃し、武漢では婦人の活動家を必要とすることを知る。医者の感化で時局に関心をもつようになっていたので、恋愛の痛手から立ち直るためにも、武漢へ行こうと決心する。しかし、武漢の政府機関に行ってみると、職員たちが、恋愛をしなければ反革命か封建思想の持ち主のようにいうので、すっかり幻滅を感じた。

　もっと有益な仕事をしたいと考えて、彼女は後方病院の看護婦になった。次々に運ばれてくる傷兵のうちに、入院中も戦況を気づかう強孟《きようもう》という中隊長がいた。彼は文学青年で、平和な生活にあきあきして、戦場の強烈な生の感覚に生きがいを感ずるという未来主義者であった。静は彼に愛情を寄せ、北伐戦争の一段落を機に結婚して廬山《ろざん》へ行く。

　新婚の一週間は、牯嶺《これい》で夢のように過ぎた。そこへ突然孟に軍隊へ帰るよう連絡がある。彼の心はたちまち戦場へ飛んだが、「昔はぼくのからだはぼくのもの、やりたいことはなんでもしたが、いまでは、ぼくのからだは君と共有だ。君が不賛成なら行かないまでさ」といって、行こうとしない。そのとき、静の友人の王女士が、恋人を従軍させて、上海への帰路、牯嶺に立ち寄る。それを見て、静は孟を戦場に送り、自分は故郷で彼の帰りを待つことを決心する。孟の去ったあとは、またも灰色の幻滅であった。

茅盾の描いた青春像は、丁玲より一歩進めて、革命と密接につながっている。革命は明日の「黄金世界」を約束し、そこでこそ女性もほんとうに解放されるからであった。しかし、現実の「革命」は青年の期待を裏切っていた。〈動揺〉〈追求〉も現実に対する暗い絶望感が底流となっている。そのため「革命文学派」から激しく攻撃され、それに対して茅盾も、亡命先の日本で「牯嶺から東京へ」という長文の評論を書き、さらに〈幻滅〉の前の一時期を、長編の第二作『虹』に描いて答えた。

『虹』

主人公の梅女士は、最初の恋愛にやぶれて父のすすめる結婚生活にはいるが、のち虚偽の生活を捨てて親友の家にかくれ、やがて女教員として新生活を始める。夫を捨てた女というので、周囲から冷笑と好奇心のまじった目で見られるが、彼女は少しもひるまない。逆にその目を軽蔑し、「現在のところは現在やる」という哲学を信奉して、足もとを見つめながら困難をのり越えて生きる。

彼女の選んだ教育界も、新と旧とが対立してたがいに中傷し合っていた。そうして、「新教育」というのも、にせものであった。新しい看板のかげにかくれているのは、「旧礼教打倒」を口実にして時流にさおさす、古いおくびょうな人間たちであった。彼女は失望して、ますます奔放にふるまう。「妻は永遠の友人である。友人は多いほどよろしい」という奇妙な理屈を作って、めかけをもつことを合理化する「進歩派」の省長の誘惑をしりぞけ、彼女は故郷の四川省から、上海の革命運動の渦のなかに飛び込んで行った。やがて「五・三〇」の大デモのなかに、彼女の姿が見られる。「五・四」の波動が四川省に伝わってくると、梅は早速断髪し、「新」と名のつくものは手あたりしだいに読む。与謝野晶子《よさのあきこ》の〈貞操論〉やイプセンの〈人形の家〉が、そのうちにふくまれていた。やがて、「女性が他人によって解放されるのではなく、女性みずから道を開く」ために、父の家、夫の家、友人の家を離れて、彼女はひとりで歩きはじめる。四川省の外国商品排斥運動から、上海の「反帝国主義」大デモにいたる数年を背景にして、中国のノラ「梅」は、中国の革命へと進んで行ったのである。そうして、この道は正しかった。

一九三三年に逮捕され、一時行方不明を伝えられた丁玲は、延安の中共地区に健在であった。そこで彼女が発見したのは、農民のなかから生れた新しい女性である。彼女は、他からの同情を必要としない女性を、〈霞村にいた時〉のなかで描いている。

抗日戦争中に、中共地区では新しい社会の建設が着々と進められていた。そのなかからうまれてきた作家は、新しい人間関係を描き出そうとした。社会が変っても、急に頭のなかの古い考えまで変るわけではない。作家の目は、革命をはばむこれらの古い思想に向けられた。趙《ちょう》樹理《じゅり》は、恋愛と結婚をあつかったいくつかの短編のうちに、古い家族制度がどのように変えられ、どのような新しい女性のタイプが生れつつあるかを伝えている。

Ⅰ　魯迅作品論Ⅰ

一　悲惨な遊びの心――〈阿Q正伝〉訳後の感想――

政治運動であろうと思想運動であろうと、絶頂をすぎて下降期にはいると、さまざまな分化をひきおこすものである。同一陣営の戦友との距離を痛感するのは、そういう時である。文学革命から五四運動をへて、五四退潮期とよばれる時期も、その一つといえよう。魯迅は後年、

その後『新青年』の団体は解散し、出世したものもあるし、隠退したものもあり、前進したものもある。同じ陣営内の戦友も、やはりこのように変化することがあるのを、またしても経験した。（『自選集』自序）

と回想している。「またしても」といっているように、こうしたにがい経験は、魯迅にとってはじめてではない。だが、そのつど出世も隠退もしなかった。辛亥革命から〈狂人日記〉執

筆までの長い沈黙は、彼の苦痛の表現であるが、「曲筆」を盾にして前進した。五四退潮期にも、前進した。その前進のしかたが、〈阿Q正伝〉にうかがわれると感得できたのが、訳しおえての最大の収穫である。

感得したものを、伝達できることばで表現するのは私の能力をこえている。したがって、とりとめもないものになるだろうという予感にさいなまれるが、とにかく形を与える努力をしてみよう。あえてさせる何物かが、この作品にはあるのだから。

この作品の書き出しには、裏切られたという悲壮ぶった調子がまったく見られない。絶叫はむなしいこだまと消えることを知りつくした冷めたさがある。余裕とでもいうのだろうか。いずれにしても、数年心の中で暖めていた阿Qを、つき放して客体化しようとする意図が感ぜられる。もちろんこうした創作態度は〈明日〉や〈風波〉にも見られる。しかし〈阿Q〉には、それらと違った遊びの心が感じられる。とくに第一章にはなはだしい。たとえば、阿Qの伝記の書きかたである。「某、字は某、某地の人なり」という伝統的な記述方法をふまえて、その格式に合わないので困るような顔をしてみせ、じつは普遍的な存在であることをのべるというやり方をとる。それにみごとにひっかかって、作者は某にちがいない、でなければあんなにおれのことを知るはずがない〈阿Q正伝の成因〉——以下成因とよぶ〉といった人こそ気の毒ともなんともいいようがない次第である。つぎにひきあいにだされたのは陳独秀、胡適の面々である。頑固派、前進派、出世派ということになるのであろうが、ひとからげにしてつき放されている。多少のニュアンスの差はあるが、感情をまじえず「立言の人にあらず」の証人に使っている。軽蔑しきっていたのであろう。つぎには、ピント外れの所で力んでみせることである。伝の題目に、文学革命に際して当面の打倒目標であった孔子に登場してもらい、「名を正す」必要を極端に強調してみせる。反動派を挑発したのであろう。阿Qの別号についても、「あったかもしれないが、誰も知らない」などとわざわざいってみる。阿Qという書きかたにしても、「『新青年』に盲従するようで、自分としてもはなはだ不本意だ」という、「秀才先生でさえわからぬ」故やむをえぬ、と弁解してみせる。書きかたにかこつけて新旧知識人をひっぱり出し、知識人に痛棒をくらわせる意図がみてとれる。反対の方は、〈阿Q〉と時を同じくして書かれた〈知識即罪悪〉をみるがいい。だからといって、民衆に共感しているわけでもない。「群」としての民衆には、露骨に嫌悪の情をみせている（〈随感録〉三八）。最後に、第一、二、三と胡適の考証の方法をそっくり使ってみせて、「阿」の字の確実性を強調していることである。阿は、「お花さん」などという時の「お」に当ることばであるから、確実だなどと力んでみせるほど滑稽になる。

以上、第一章・序は、魯迅も認めているように（成因）「開心話」というコラムの題目にわざと合わせようとして当りちらしたという傾向はあるだろう。しかし、第二章から急に改まって「新文芸」欄にふさわしくなったとも思えない。第二章の「行状」は、門下生や一族が正史の伝に載せられることを期待して作る伝記であり、序から尾をひいているのである。もう少し立ちいってみると、たとえば、趙旦那になぐられた阿Qが、尊敬の目つきで見られる理由のせんさく（第二章）なども、「考証癖」への皮肉をふくむものだろう。尼さんをからかって、阿Qは十分の、野次馬は九分の得意で笑ったというのも、読んで滑稽を感じる。と同時に、ルンペンと家のあるものの相違を感じさせる。「しだいにまじめになってきた」（成因）と魯迅のいう一つの現われであろう。「阿Qは永久に得意である」のは、もし敗北と感じれば、底なしに奴隷にふさわしくふるまわなければならなくなるからである。農民の楽天性はM氏が指摘するように（『現代の中国文学』）被圧迫民衆の生きるための盾だからである。それを「これはひょっとすると中国の精神文明が世界に卓絶するひとつの証拠かもしれない（第四章）というのも、オーバーな表現である。

こうして並べ立ててみると、どうもよそよそしくて気が進まない。あとは直接訳文についてみていただくほかない。訳文に不満な方は、原文をよく読んでいただきたい。「私の文章は、文体が下品で『車ひき』や『水売り商人』なんぞの使うことば」（第一章）が随所に使われていて、全体が「正人」（道徳堅固な男と訳したが不満である——第四章）に対する揶揄と批判にみちているからである。魯迅も、もとより正人である。その彼が、まじめな問題をふざけた文章で提出するという芸当をやってのけたのである。——と私は思う。それを訳そうしたのは、盲蛇であったと思う。問題の切実さにおされて、遊びの気分になれないからである。

問題はそれるが、幸徳秋水らのいわゆる大逆事件の後、森鷗外は「沈黙の塔」と「あそび」——「食堂」という二つの反応を示した。前者は芸術や学問—思想の自由に加えられた官憲の圧力に対する反抗の書であり、後者は無気力な官僚社会における仕事と人格の遊離を説いた作品である。まじめにこの世を生きようとするせっかちさ、そこから生ずる摩擦を、仕事をする自己とそれを眺める自己にわけてきりぬけようとしているのである。鷗外がその後どうなったか、ここではそれ以上立ちいる必要はない。すぐれた日本の知性であった鷗外の危機への対処のしかたさえみればいいのである。

魯迅もかつては敗北からうける痛手が大きかった。しかし、たびたびの経験と四十歳という年が「世故」にたけさせたのであろう。下降期の寂寞を追いはらうために、遊びの方法をとったのである。「出世」も「隠退」もせず「前進する」ためには、戦友が見当らぬ情況で孤独の戦いをすすめるためには、適切な方法ではなかったであろうか。

女師大事件の渦中にいる許広平を戒めて、魯迅は「ざんごう戦」をすすめている。また冠をぬがずに死んだ子路を愚直と評し、孔子の円滑ぶりに加担している（『両地書』一集四）。これは、もちろん血気にまかせて危険をかえりみない戦いをするよりも、ねばり強い戦いを続けるよう忠告したものである。

兵士はざんごうにかくれて、時にはタバコを吸ったり、歌をうたったり、カルタをしたり、酒をのんだり、またざんごうの中で美術展覧会を開いたり、しかし、時には敵に向って急に発砲したりするのです。（『両地書』一集二）

第一次大戦からの経験としてのべているが、これこそ闇夜の鉄砲をさける手段として、魯迅が実践し体験したものではなかったろうか。

『彷徨』の諸作品は、竹内好氏が失敗作と断定して以来、評判の悪い作品が多い。事実、雑感や『吶喊』と比較すると一本調子でないため、理解に苦しむことがある。しかし、前述のような観点から、まじめな面が『野草』へ、苦痛をやわらげる遊びが『彷徨』へ――両者は時期的にかさなる――結集したと考えれば、ある程度解釈がつくのではないかと思う。

遊びを必要とする心の凄惨さに思い至ったとき、ぞっとした。苦痛が直接的に訴えられていないだけに、応対にとまどった。この作品を『世界ユーモア全集』に選んだ人は、ユーモアを解する人であったろう。しかし、読者には理解されなかったろう。いまでも理解されないのではないかと思う。

二　書評　魯迅と近代中国の新文化運動

——Dr. Haua Sung-K'ang: *Lu Hsun and the New Culture Movement of Modern China*, Djambatan, Amsterdam. 1957——

この本は、題名からもわかるように、『新青年』創刊から魯迅の死までの近代中国文学思潮の流れを概観し、新文化運動の中心的役割を果たした魯迅を評価しようとしたものである。著者は蔡元培校長のもとで北京大学法学部長であった黄右昌の娘で、「文学革命」の北京で育ったという。ケンブリッジ大学のドイフェンダーク教授の指導をうけて完成されたこの研究は、七章に分けられ、中国の近代化の夜明けから統一戦線の時期にまでわたり、その中第四章が〈阿Q正伝〉にあてられている。この章に焦点をあわせて魯迅研究の関心のありかたをさぐってみたいと思う。

第四章「不朽の阿Q」は四節にわけられている。第一節は「阿Qの創造されかた」が扱われ、〈阿Q正伝〉を不朽の名作とたたえて、この作品は二つの態度決定——めざめ戦い新しい生活へ進むか、自らをあざむきつつ全体的滅亡の道をとるか——を迫るものであると規定し、魯迅の執筆の動機を推定する。それは中国の危機に対して精神勝利法がめざめさせるガンとなっていることを明らかにし、魯迅の発見した農民——中国人民の多数が無知と貧困から解放され、封建的圧迫から自由をかちとって革命を達成することへの希望の火をともすことが、魯迅の目的であったと述べ、馮雪峰の〈阿Q正伝論〉を引用する。ここには彼女自身の論証は見られない。構成はルーズに見えるが、研究するほど注目すべき統一が発見でき、初期の作品よりも洗練されて高度の芸術水準に達しているという評価があるだけである。〈阿Q正伝〉を読むと、先ず第一章と第二章の間の断層に気がつくはずである。作者の意識的な構成であるとしても、評論風の書き出しから、作者が退いて小説世界へと読者を導く発想法について、当然あるべき意見がみられないのに失望する。結局、日本留学中からあった中国の危機への関心が、しだいに阿Qという映像に結晶したというだけでは、なんら新鮮な感じを抱かせない。

第二節、「阿Qと阿Q主義」という題目のもとに、あら筋と精神勝利法の解説にあてられる。その実体は例の〈随感録〉三八の、中国が世界に類のないすぐれた国とする優越派から、中国の劣等感は歴史的な裏付けがあるからすべてよいとする五種の主張を引用し、結論は馮雪峰の前掲論文にまかされている。なお、『且介亭雑文』のゴーゴリーの〈検察官〉には俳優が「諸君ら自身を笑え」というせりふがある、の引用も忘れていない。かくて魯迅に普遍化と個性化の天才として賛辞がささげられ、若いインテリに恐るべき影響をあたえ、中国革命を導く上で無限の啓示を与える価値ある作品となったという。「民衆が革命に結集しなければ、勝利は不可能であったろう」という毛沢東のことばで結ばれている。ではインテリ青年にどのような影響を与えたか。

第三節「阿Qと中国革命」に成仿吾と馮雪峰がひきあいに出されて青年への影響の一端とされ、従来の農民への偏見が一掃されて革命の進展とともにしだいに正しく評価されたという。ここで物語の後半が紹介され、辛亥革命の失敗によって地主たち旧支配階級は安泰で、阿Qの誤算が悲劇の結末へと導かれることをあげ〈阿Q正伝の成因〉の魯迅のことばが引用される。「私の考えでは、中国に革命がなければ阿Qも革命党に加わらないでしょう。」この問題のある一句には解釈が示されていない。後でのべるように、このことばと原文の前後は、魯迅を研究する上で重要なポイントになるはずであるが。
第四節は「阿Qと中国の運命」という題で結論が示されている。その一は、中国から除かねばならぬ民族的弱点を、病源の歴史的根源にまでさかのぼって追求し、奴隷根性を適確にえぐりだした。その二は、辛亥革命が社会的な改革に失敗した根本的原因が、まだ目ざめない大多数の民衆の支持の不足によることを明らかにした。その三は、阿Qという農民の代表の、貧困とはずかしめしいたげられるのを正当化する間違ったやり方と無知を描くことによって、中国の後進性の根本原因を立証した。

以上、全く粗雑な紹介であるが著者の意のあるところは分かって頂けたとして、なぜこれをとりあげたか釈明しよう。まず興味をひかれたのは、彼女の経歴である。とかく事件の中心近くにいる人には全体の見通しはたたぬものであると思うが、五四運動から四十年近い年月を隔てて、しかも「今日魯迅をみいらとする危険にさらされている退屈な単純化されすぎた革命の神話学に束縛されない、マルクス主義者でもないヨーロッパ読者」――序文、プリープランク教授――の中にいて祖国を見つめることが研究の一つの動機になっているだろう、ということであった。結果は前述の通りで期待の誤りを証明しただけである。そこで裏切られた無いものねだりを幾つかあげてみよう。第一に、魯迅のように現代的意義の大きい対象を選んだ場合に、研究者の問題意識と必然的な結びつきがあると思われること。彼女の場合は図式化し要領よく解説することが仕事であって、革命の神話学でない側の退屈さと単純化が行われている。以下それに附随するものであるが、魯迅の多くの評論や研究は、〈阿Q正伝〉の理解に無価値であるといっているが、〈阿Q正伝〉そのものの解明がされていないこと。〈阿Q正伝〉の大きな要素として、精神勝利法の構造とそれが生きている「人が人を食う世界」があるが、後者は無視されている。「もちろん阿Q正伝の結末は、しかるべき結論であった」といって、阿Qのさけられぬ運命であるというだけでは、作品の解明に何の役にも立たない。また、魯迅の考えではインテリの政治革命によって力づけられ指導されて、農民に潜在する革命性が目ざめ発揮されるとか、農民の潜在的革命力を示すことによって、非常に多くの若い読者を立ち上らせ、民族革命のために農民を目ざめさせる運動へむかわせたという叙述を、証明なしにされると、かえってそらぞらしく感ずる。おそらく〈阿Q正伝〔論〕〉によって書かれたのであろうが、だとすれば前述の〈阿Q正伝の成因〉の引用文の前後の解釈が示されなければ納得できない。あれを、魯迅が阿Qも革命党になる可能性があると楽観的にのべたと理解するのは無理である。少なくとも、そのことばが向けられた相手を考えただけでも、無理といえると思うから。まだあるが、もう止めよう。要するに本書で扱われた範囲のことを知りたい読者にとって、いわば中国革命の文学での面の運動史のダイジェスト的意味のある書物である、ということを結論としておこう。

三　高倉氏の批判を読む

『魯迅友の会会報』三五号に、『中国現代文学選集』第二巻『魯迅集』（平凡社）の尾上の解説〈進化論とニーチェ〉に対して、〈魯迅における進化論について〉と題する批判がのっているということを教えられたので、読んでみた。以下はその感想であるが、文末に（これは相当長文の投稿のため紙面の都合で、その一部を割愛させていただきました）とあるので、力作なのであろう。高倉氏の論旨がよくのみこめないところがあるのを、そのせいにしては申しわけないが、正直のところ理解しかねるところがある。

とにかく理解しえた範囲で論旨を整理してみると、「魯迅が私たちに対してもつ意味」と「尾上氏の日本に対する関心」の二点に集約されるのであろう。

まず第一点に関して、「適者生存」と「優勝劣敗」と理解された進化論の原理のうち、中国も「生存」する以上、「適者」であるという居直りに近い楽観論に走らず、中国は「劣」であり、列強瓜分のまえに「敗」となるという危機意識と結びつけて理解した魯迅とは何ものかというのが、私の関心であった。この原理を「弱肉強食」といえば、高倉氏は満足したのであろうか。「劣者」は「弱者」と違って、「さらに弱いものにむかうとき、劣者は優者である」というのは、高倉氏も認めているように、たんなることばの問題ではなかろうか。「劣」と「優」を「弱」と「強」におきかえてみればわかることである。

かりに「左隣りはもはや奴隷となった、右隣りも死にかかっている」といって、亡びた国だけを選んできてそれと比較し、自国の優越を誇示しようという魂胆だ。この二国と中国と、はたしてどちらが劣っているかは、しばらくあずけておく。……

（〈魔羅詩力説〉）

と魯迅がいっているように、インドやポーランドと比較して中国を「優者」の位置に置くことを拒んでいるところに問題がある。

しかし、魯迅のニーチェへの接近をとく一つのかぎとして「劣者」や「弱者」を高倉氏は問題にするのではなく、「（尾上の）『丘（浅次郎）の立論を裏返して見せたのである』というような魯迅の捉え方についていっているのである」とのべている。これは第二の点と関連するので、後まわしにしたい。

つぎは〈狂人日記〉の解釈で、「他を非難攻撃する自分の正当性をも否定した作品である」とのべた「他」と「正当性」を問題にしておられる。これは私の舌足らずが招いた問題であるが、「他」についていえば、「新しいものの資格で、古いものの罪を裁くという立場」こそが「人間が人間を食う四千年の悪しき行為を弾劾する」「他」の立場であり、歴史の外に自分をおいて中国に対する関係が「他」の意味である。「善」なる自己の立場をたて、「悪」に対する場合に、自己の「正当性」が主張されるのではなかろうか。その場合の「善」とは、おく借りものであったことは、日本と中国の歴史の示すところではなかろうか。ついでにいえば、「救いを子供に求めている」といったのは、「子供を救うことによって自己が救われうる」というのではなく、悪い歴史の伝統を断ちきり、「子供を救うことによって」中国が救われるという意味である。「悪が悪を非難攻撃するのは不当だろうか」という高倉氏の設問に対しては、『野草』の〈復讐〉が答えてくれるのではなかろうか。全身はだかで手に利剣をもったふたりがむかいあって呼喝する。行人は四方から集って鑑賞するという場面設定は、悪と悪の対立の外に、魯迅の希望と絶望を示すものではないか。

第二の点について、「裏返し」から答えよう。

中国では進化論が両極にむかう機能をはたしたが（魯迅と胡適が頭にある）日本では「日清・日露」の両戦役の勝利の時期であり、戦勝気分から同じ原理がいっぽうしかうけとられなかったと思うがどうであろう。「日露戦争」前の暗い悲惨な気分が一掃され、有頂天になったとしてもふしぎではない。ある種の中国人留学生にとっては、日本の進路が指針ともうけとれたであろう。こうしたなかで紹介された進化論を裏返してうけとったということは、「一貫して中国にのみ関心を持ちつづけた」からこそではなかろうか。そして「裏返し」にする発想は、あらゆる価値の定立をはばむニヒリズムであり、それをニーチェから学んだと私は思う。

つぎに「『出路がないから歩く』という魯迅の考えは、『過客』でも描かれたように、『行動的ニヒリズムとよばれる性質のもの』である、といってついに怪しまぬ人だ」という私の評価についてであるが、私は現在もそれをうけいれる。

魯迅の「初期の思想形成について」は第一の点からも第二の点からも、私の結論である。

魯迅は〈フェアプレイはせくにおよばぬこと〉で「党同伐異」を主張している。われわれの日本には、おえらがたがおおくてつぎつぎに「価値」を示してくださるが、「価値」に対する「価値」で多数をあらそうよりは、「価値」の破壊のほうが、より建設的ではなかろうか。

最後に魯迅とニーチュに関する私の考えは〈魯迅とニーチェ〉(『日本中国学会報』十三集)、〈魯迅〉(『中国の思想家』下、弘文堂)をあわせてみていただきたく、その上で再批判下さることを期待する。

四 〈阿Q正伝〉と〈藤野先生〉について

(一)

魯迅の顰みに倣っていえば、魯迅研究の手順として〝作者の環境・経歴・著作〟について述べなければならないが(〈魏晉風度及文章与薬及酒之関係〉)、経歴についてはすでに周知のことでもあるので、本論では必要な部分についてのみ、その都度触れることとし、まず環境について見ることにしよう。

魯迅の生れた紹興は、古来〝魚・米の郷〟として知られ、食糧の豊かな地域であった。四、五十畝の地主の家の子として育った魯迅は、科挙の試験に関わる請託の容疑で祖父が下獄し、父が早逝しなければ、当時の大家の坊っちゃんとして順調な道を辿ることになったろう。少年時代の家の没落が、彼の前途に大きな影響を与えた。彼の前にある二つの選択、一つは〝書香の家〟に生れた者として当然期待されていた科挙、他の一つは時代が要求する新学である。彼は決断に迫られて未知の道を選んだ(1)。

由来紹興は、硬骨・豪腹な人物を輩出した。古くに禹、彼は神々を召集した際に遅参した防風氏を処刑した（『史記』孔子世家）。禹の陵墓は紹興郊外会稽山麓にあり(2)、その子孫にあたる越王句践が胆を嘗めて復讐を誓ったことは有名である。蘭亭で曲水の宴を開いた王羲之は、時の高官が婿選びのためによこした使者の前でもベッドに横になり、胡麻飯を食べて素知らぬ顔をしていたという（『世説新語』雅量）。その子の徽之は興に任せて夜半に戴逵を訪問したが、気が変ったといって門前から舟を返したり、「一日も此の君なかるべけんや」と僅かな滞在にも竹を移植させる（『世説新語』任誕）など自我の強い人物として伝えられる。奇行といえば、杜甫の〈飲中八仙歌〉の冒頭に「知章騎馬似乗船　眼花落井水底眠」と詠われた賀知章、水害の被災民の救済のため、独断で官米を放出して免官になり、また礼教に拘らぬ態度への非難に対して放翁の号で応じた陸游も、此の地の出身である。学者では、紹興府余姚県出身の王守仁をはじめとし、『文史通義』の著者章学誠、近くは范文瀾、随筆家では、倭寇とも戦った徐渭、『陶庵夢憶』の著者張岱、『越縵堂日記』の著者李慈銘、革命家では、光復会員として革命運動に挺身した徐錫麟、秋瑾、陶成章、中華人民共和国の卓越した指導者周恩来の原籍が紹興である。また、新文化運動のなかで文語文に固執する反動派に対し、敢然と口語文を支持した蔡元培など、硬骨漢を数えあげればきりがない。この文化伝統のなかで、魯迅は育まれたのである。

著作は、魯迅の死後いち早く魯迅先生紀念委員会が結成され、主席蔡元培、副主席宋慶齢らによって、一九三八年に二十巻本の『魯迅全集』が刊行され、四一年には全集から著作のみ抜粋した『魯迅三十年集』、四六年に唐弢編『魯迅全集補遺』、五二年に唐氏編の『魯迅全集補遺続編』によって尽くされたかに見えるが、その後に発見された逸文を加え、五七年に注釈を付した『魯迅全集』、五八年に『魯迅訳文集』、八一年に注釈改訂版の『魯迅全集』が出て、ほぼ網羅された。本論文で扱う範囲は、〈阿Q正伝〉と〈藤野先生〉に限定するので、今後の発見にとくに影響を受けることはないと思われる。

（二）

〈阿Q正伝〉については、すでに多くの論文があり、改めて取り上げるまでもないと思われ、全面的に論ずるつもりはないが、解釈についてなお二、三つけ加えておきたいことがある。(3) かつて述べたことであるが、読後の印象は左派作家の農民文学であるということであった。しかし、農民問題を取り上げたとすれば、日雇いの一代記のようであり、地主対農民の関係だとすれば、かなり偏った世界を切り取ったものとなり、抵抗する中国農村のイメージは希薄であるといわざるを得ない。再読して、今度は「精神勝利法」の絵解きとの印象をうけた。当時の文壇に与えた〈阿Q正伝〉の影響を考えると、これも正しく作者の意図を理解したとはいいにくいように思われる。「精神勝利法」の基幹となるのは妄想的「自負」であり、それについて魯迅は〈随感録〉三八で、的確に分析している。それは五段階あり、一は「中国地大物博、開化最早、道徳天下第一」。注して「完全自負」という。二は「外国物質文明雖高、中国精神文明更好」。三は「外国的東西、中国都已有過、某種科学、即某子所説的云云」。この両種に対しては、「古今中外派」の支流であり、張之洞の格言「中学為体、西学為用」をモットーとする人物と認定している。異次元の比較によってなんとか優位を保とうとする論法といえよう。中国の四大発明(紙・火薬・羅針盤・印刷術)の起源も古いが、舜が父瞽叟の命により屋根の修理中に下から火をつけられた時、舜は両手に笠をもって無事地上に降り立ったという伝説をパラシュートの元祖とみれば、とにかくたいていの発明は中国が起源となろう。

四は「外国也有叫化子――（或云）也有草舎、――娼妓、――臭虫」。注して「消極的反抗」、つまり負け惜しみ。五は「中国便是野蛮的好」また「你説中国思想昏乱、那正是我民族所造成的事業的結晶。従祖先昏乱起、直要昏乱到子孫、従過去昏乱起、直要昏乱到未来……（我們是四万万人）你能把我們絶滅麼?」。これは全面居直り型。もちろん〈随感録〉三八で、魯迅が自尊心を否定しているわけではない。「個人的自大」と「合群的愛国的自大」を峻別し、後者の責任逃れの口実を批判しているのである。「個人的自大」は、誇大妄想狂を別にすれば、幾分の天才と幾分の狂気を併せ持ち、そこから真の創造が生れるものと評価している[4]。

この分類に従えば「個人的自大」ということになる阿Qの場合は、その条件として「自尊心が強いこと」（先前闊・見識高・真能作）「すり替えの論理を有効に使えること[5]」「忘却の奥の手を持つこと」「他人が『精神勝利法』を使うのは許さぬこと」によって完璧なものになる。これは、換言すれば完全な敗北主義であるが、徹底すれば「楽極悲生」の伝統的な思想の論理によって完全な勝利に置き換えられるのである。つまり、阿Qの場合は〈随感録〉三八でいう五に当る「自大」である。

具体的状況の設定によって「精神勝利法」の適用が示されているのであるが、そのために〈阿Q正伝〉が書かれたとすれば、絵解きの作品に過ぎないということになり、魯迅の代表作というのは過大評価という感じがする。そこで、改めて虚心に読むこととした。

そこでやっと見えてきたのが、魯迅が命をかけて実現を望んだ革命の実態、つまり「辛亥革命」の紹興における現実が描かれていることに気がついた。いかにも間の抜けた告白であるが、中国に対する理解がその程度であったことの反省でもある。

中国の士人は、「民可使由之、不可使知之」（『論語』泰伯）の示すように、民の期待を一身に青負って実現に努力すべき使命を担うものであり、魯迅もその例外ではない。

魯迅が命をかけたのも「救亡」のためであり、徐錫麟・秋瑾が犠牲となったのも、そのためである。革命は阿Qに人間の生活を回復するはずのものであった。その実態を〈阿Q正伝〉は告発しているのである。

〈阿Q正伝〉の構成は奇妙である。第一章・序は、名指しで陳独秀・胡適をからかっており、名は伏せているが、大総統（袁世凱）や蔡元培を登場させている。第二章から本題にはいって阿Qの「行状」が描かれる。筆法の変化に気がついて編者の孫伏園が『晨報副刊』の「開心話」欄から「新文芸」欄に移した。魯迅は「開心話」欄にふさわしく第一章を書いたといっているが（〈阿Q正伝的成因〉）、執筆の目的は第二章以下にあったので、掲載欄を変更したのは孫伏園の慧眼といえよう。

ところで、〈阿Q正伝〉の本題にはいってからも、筆法の変る部分がある。第三章の終りの部分に、阿Qが銭旦那の長男「仮洋鬼子」のステッキで殴られ、うっぷんを若い尼さんの頭を撫でたり、頬をつねったりして晴らす場面がある。尼さんは「断子絶孫的阿Q」と捨てぜりふを残して逃げる。阿Qは十分の得意で笑い、居酒屋から見ていた連中は九分の得意で笑う。何故十分と九分か(9)。

ここが転回点となっていることは、衆目の一致するところであろう。魯迅はここで、『孟子』の「不孝有三、無後為大」『左伝』の「若敖之鬼餒而」を引き、阿Qが死後に餓死する恐怖にとらわれ、これまでの平常心が乱れる場面に移っていく。

〈阿Q正伝〉の当時の評判について、魯迅は二例あげている（〈阿Q正伝的成因〉）。

一は、鄭振鐸の「最後〝大団円〟的一幕、我在《晨報》上初読此作之時、即不以為然。至今也還不以為然、似乎作者対于阿Q之収局太匆促了。也不欲再往下写了、使如此随意的給他以一個〝大団円〟。」（『文学週報』二五一号）であり、それに対して魯迅は、孫伏園が帰省中で代理の編者がそのまま印刷したからと弁解しているが、作品を読む限り、盗賊が趙家を襲撃したことと、多少とも事情を知っているらしい阿Qを容疑者として逮捕して見せしめに処刑する……この場合、冤罪だとして怨む家のない点でも阿Qは適当なスケープ・ゴートである……ことの間に間断するところがないと思われるので、鄭振鐸の不満は革命党となった阿Qの活躍に期待するところがあったのかもしれない。

二は、高一涵の紹介する「昨日『阿Q正伝』上某一段彷彿就是他自己。因此便猜疑『阿Q正伝』是某人作的、何以呢？因為只有某人知道他這一段私事。……等到他打聴出来『阿Q正伝』的作者名姓的時候、他才知道他和作者素不相識、因此、才恍然自悟、又逢人声明説不是罵他。」（『現代評論』第四巻八九期）という事件である。これに対して魯迅は、嫌疑のかかった晨報の寄稿者と、ペンネームの巴人から連想される四川人に詫びているが、同時に小説は他人の私事を暴いて政撃するものという伝統的文学観を嘆いてもいる(10)。

他の反響としては、茅盾に〈阿Q相〉（『茅盾文集』九）、銭杏邨に〈死去了的阿Q時代〉（『現代中国文学作家』第一巻、泰東書局、一九二八）があり、「精神勝利法」を民族の悪しき伝統と捉えたものであり、前者は「精神勝利法」の絵解きとみることが、あながち見当違いではなかったことを裏づける。後者は既に阿Qの時代は過去のものになったとして、魯迅が過去の人物であることを強調している。しかし、〈阿Q正伝的成因〉で「我只写出了現在以前的或一時期、但我還恐怕我所看見的幷非現代的前身、而是其後、或者竟是二三十年之後。」と述べた憂慮は、今日から見れば容易に解消されないことであるのは歴然としている。

（二）

日清戦争が中国に与えた影響は、現在我々が想像する以上のものであったようである。「救亡」のための方策は各レベルで立てられた。イギリス・フランスの攻撃に対して、一八九〇年に張之洞は漢陽製鉄所を作って近代化をはかると共に、「中体西用」思想（一八九八）によって守旧を貫徹しようとした。日清戦争の敗北後、親政を始めた光緒帝は、一八九八年に「戊戌の変法」によって一気に近代化をはかろうとして、西太后と袁世凱の共謀によって失敗。また、敵国であった日本に実学を学ばせるため、一八九六年から続々と留学生を派遣した。魯迅もその一人であり、日本語を修得した後、陸軍士官学校の予備校的存在である成城学校に進学する予定になっていた。受験資格に不適格のため[11]仙台医学専門学校に入学することになった。医学を志した理由として、彼は父のように漢方医に騙される病人を救おう、戦時には軍医となろう、併せて国民に維新への信仰を促進しよう（『吶喊』自序）、としたという。官費留学生として、実学を選ぶについては迷いがなかったのかもしれないが、仙台時代を対象にした〈藤野先生〉を読むと素直にうなずけないものがある。

『吶喊』自序や〈藤野先生〉に特筆される「幻灯」事件が、もしあったとすれば医学を放棄するきっかけとなったかもしれないが、それによって医学から文学へ転身したとするのは、余りにも短絡というものではなかろうか。その点はいち早く竹内好氏が指摘するところであるが、竹内氏はその理由を明確には示していない。それを裏づける資料がないので、直感的な判断と思われるが、私もこの判断に加担する。魯迅自らの説明によれば、如何に肉体が頑健であろうと、愚弱な国民は見せしめの死刑囚と見物人になるしかなく、彼らがどれほど死のうと不幸とは思えぬ。「精神の改造」こそが第一に着手しなければならぬことであり、それには文芸が最適であると思ったという。魯迅の日本留学は一九〇二年二月であるが、その年の一〇月に梁啓超が横浜で『新小説』を創刊し、第一号に〈小説与群治之関係〉を発表しており、彼がそれを読んだとするのは推測の域をでないが、必ずしも独断とはいえないであろう。[12]「精神の改造」即文芸という文脈は、それを思わせるものがあり、また仙台へ行く前に、『浙江潮』に、諸外国が中国の石炭に目をつけて侵略しようとねらう危機的状況にあることを訴えた〈中国地質略論〉(八期、一九〇三年)、ペルシャ軍の侵略に敢然と立ち向ったギリシャ軍の勇士達のスパルタ魂を頌える〈斯巴達之魂〉(五、九期)などを寄稿して、国民の決起を促していたからである。つまり、きっかけさえあれば、実学に見切りをつける素地があったと思うのである。私の加担の理由は、以上のような臆測に基づいている。

ところで、〈藤野先生〉を読み返して、改めて魯迅の文章から仙台の町の叙述がないことに気がついた[13]。下宿を替わらせられること、同級生からノートの検査を受けたこと……それは弱国中国人に対する侮蔑と嫉妬からであり、魯迅の心を深く虧《きずつけ》る行為であった……以外は、全編を通して藤野先生に対する敬慕と愛惜の念が綴られているだけである。下宿の件は、好意からでたお節介として見過ごすことができるとして、中国人の学生がいない土地ゆえ「物以希為貴」という「優待」も、心無い同級生の行為によってすべて帳消しになったであろう。

仙台時代の魯迅については、『仙台における魯迅の記録』（平凡社、一九七八）が詳細な調査記録である。なかでも、同級生であった鈴木逸太氏からの聞き取り調査が興味を引く。但し、誘導尋問的質問と、たぶん鈴木氏が〈藤野先生〉を読むか、内容について聞いているかするために質問にあわせた感じの回答もみられ、必ずしも全面的に信用するには躊躇を感じるという印象を受ける。もちろん、古い話をいきなり出されて、正確な答を期待することに無理があるわけであるが。

発掘されたこれらの資料や証言から、〈藤野先生〉の写実性にいささか疑問の点がでてくる。一、幻灯事件。細菌学の中川教授の使用された幻灯とスライドが発見されているが、中国人スパイの銃殺（『吶喊』自序では斬殺）場面のものはない。もっとも現存するものがすべてというわけでもないであろうし、博文館その他から大々的に売り出されていたということであるので、紛失と考えられなくはない。鈴木氏の証言も曖昧であるが、[14]「万歳！他們都拍掌歓呼起来」という光景はなかったという。二、仙台に他に留学生がいなかったという点は、確かに魯迅は仙台医学専門学校の最初の留学生であるが、宮川氏保存の写真には同年に第二高等学校に入学した同郷の施霖という学生の姿があり、しかも同じ下宿にいた。三、試験問題漏洩事件では、噂の流されたことは事実であるが、幹事がノートの検査をしたことはない。幹事といえば当時総代であった鈴木氏ということになるが、その事実を否定している。四、なお、魯迅が仙台へ初めて向った時は、まだ日暮里駅はなかった。[15]休暇に東京と往復した際の記憶と混同している可能性があるが、住み慣れた東京を離れ、未知の町にいく心境を描く場面だけに腑に落ちぬものがある。五、藤野先生が朱をいれたノートを、一九一九年一二月に故郷の家を処分して北京の八道湾に家族を迎えた際の輸送中に紛失したというのは、魯迅の思い違いなのであろう。北京魯迅博物館に現存する。創作にこの程度の虚構は当然という反論は十分承知の上で、藤野先生を除けば魯迅にとって仙台は厭わしいところであったという苦い思いのみを噛みしめたのではなかろうか。[16]

〈藤野先生〉の魯迅の手稿は、他の作品がほとんど推敲の跡を残さないのに反して、例外的に書き直しが多い(17)。原稿は必ず清書をしたのか、〈藤野先生〉の場合は厦門での四カ月は、席の暖まる暇もないほどの生活であったと仮にしても、では「一九二七年一月一四日、魯迅記於厦門」と記された〈『絳洞花主』小引〉の原稿（厦門大学、魯迅紀念室に展示してある）は、まったく書き直しがないことの説明がつかなくなるであろう。例外的というのは、それだけ心の動揺を示すものではなかろうか。〈藤野先生〉は、魯迅の作品中では比較的さらりと書かれているだけに、東京の中国留学生から逃れ、仙台からも追われるように逃げているのは何故か。まだ、私には解けない宿題である。

（四）

魯迅と周作人は、まるでシャム双生児のように同一物を正反対の方向から見ている。たとえば、「先儒」のいう「一治一乱」を魯迅は、一、奴隷になりたくてもなれない時代。二、安んじて奴隷になれる時代の循環である（〈灯下漫筆〉）という。周作人は文学に関してであるが、「言志」と「載道」の時代の交代とみる（〈中国新文学的源流〉）。歴史と文学史を無媒介に同一視するのは適当でないが、視座を比較すれば、明らかに支配者の眼か、被支配者の眼の位置か歴然としている。知識人の眼は、周作人の位置にあるのが一般である。〈阿Q正伝〉中で二度にわたって、魯迅は常識的論理を逆転させた。一は、阿Qの姓が趙か否かの詮索の場面で、人々の意見は「たとえ趙であろうと、趙旦那のおられる限り口にしてはならない」（第一章・序）。二は、それを一歩進めて、未荘の世論では阿Qが悪人であることに異論はなかった。「悪人でなければ銃殺されるはずがない」（第九章・団円）つまり、銃殺されたから悪人であるという論理である。これは、「有徳者」が天子になるという儒家の建前が、天子だから「有徳者」であるという認定に置き換えられる民衆の論理に立つものである。

魯迅の眼の他の特徴として、事物の根源に向う思惟方法をあげることができる。日本の医学が明治維新の原動力という視点も、その現われと見ることができよう(18)。

（五）

魯迅思想は、一、醒めた現実主義、二、粘り強い戦い、三、反自由主義、四、反虚偽の精神（瞿秋白『魯迅雑感選集』序言）と、一、政治的遠見、二、闘争精神、三、犠牲的精神（毛沢東〈魯迅論〉）と総括されるが、その転変については、前期は進化論・後期は階級論と二分して説かれるのが一般である。啓蒙と戦闘と捉えることもできる。

初期の魯迅には、新思想と伝統の狭間で迷い苦しんだ跡を見ることができる。たとえば、反迷信の立場から、覚醒した人々の奮起を促す超人の役割、バイロンに自らを擬して「自意振臂一呼、人必将靡然向之」(〈摩羅詩力説〉)[19]たらんとする上からの改革に熱狂し、「風水や家相の説が人心に深く刻印されていて、人々はつとめて資源の開発を妨げ、われと自らを無間地獄におとしている。家相が大吉であろうと諸君は死ぬし、風水の禁忌を犯さなくても諸君は滅びるのだ」(〈中国地資略論〉)と迷信に反対するかと思えば、「偽士当去、迷信可存」(〈破悪声論〉)と迷信保存の主張と見える論もある。もちろん、訴える対象が異なるが故でもあるが、新旧思想の優劣について魯迅自身の判断を措いて、生きる支えとしての迷信に眼を向けているのである。〈祝福〉の祥林嫂の地獄の有無についての質問に、曖昧な答しかできないのも、そのためである。何故か。古来民衆はしたたかに生きてきた[20]。迷信の無意味さについて知り尽くしているとはいえ、民衆から迷信を取り上げれば、彼らは何を依りどころとできるのか。上から見た迷信と下から見た迷信では、その持つ意味が違う。ここに、明確な自覚に達するまでの魯迅の迷いを見ることができる。

(六)

今年は魯迅誕生一一〇周年にあたり、北京では中海南の懐仁堂で江沢民・李鵬・李瑞環・

李鉄映・丁関根・胡喬木・胡縄・王忍之・朱穆之・何東昌・賀敬之・林黙涵ら中国政府を代表する人々によって千百余人の出席のもとに盛大に開かれ、江総書記が〈進一歩学習和発揚魯迅精神〉と題する演説をしたという。総括は必要であるが、「老調子已経唱完」と魯迅もいっている。やはり「魯迅の精神を一層学習」するのが喫緊事であろう。日本では、仙台で「魯迅誕生　一一〇周年仙台記念祭」が挙行され、中国文化部の干渉によって、学術交流に汚点を残した。招聘後に、外圧によって招聘を取り消すという考えられないことをしたためである。東京では、「考えられない事態」を避けるために、大陸から来日した学者を外し、アメリカからの三人、台湾からの一人と日本の一人の学者によって「魯迅誕生　一一〇周年記念東京シンポジュウム」が挙行された。地下の魯迅は、どの様な感慨をもったであろうか(21)。

魯迅の次のことばが私の胸をよぎる。

私はやはり自分で草を食べ、息をつく暇が欲しい。

私をもし某家専用の牛だと指定し、私をその家の牛小屋に閉じこめるならば、それは御免だ。

（〈阿Q正伝的成因〉）

註

（1）この時の事情は、〈俄文訳本《阿Q正伝》序及著者自叙伝略〉（『集外集』所収）にも見えるが、〈『吶喊』自序〉が最も詳しい。母の魯氏は南京へ行く魯迅の決意を聞いて、八元の旅費を工面して与え泣いた。後年の魯迅の母へのいたわりは、長男という立場からだけではないであろう。

（2）魯迅は紹興府中学堂の教員時代（一九一〇～一一）に、禹陵付近に博物採集にでかけていたが、一一年の晩春に祖国愛をもたせるため学生を引率して禹廟や付近の遺跡の探訪をしている。

（3）拙論〈『彷彿思想裏有鬼似的』から――阿Q正伝の理会について――〉、〈魯迅の『個人主義』と『人道主義』〉（共に『魯迅私論』所収、一九八八、汲古書院）などで漏らしたこと。

（4）〔この一文はイプセンの〈民衆の敵〉を媒介にして書かれた。（『魯迅私論』五九頁）〕。当時イプセンが社会劇として喧伝され、『新青年』（第四巻六号）はイプセン特集を刊行した。魯迅もたびたびイプセンに言及している。

（5）すでに述べたことであるが、阿Qは町へ行ったことがあるので未荘の田舎者より優位にたち、町の人間は未荘とベンチの呼び名や料理が違うので軽蔑に値すると考えて、田舎者や町の人間より、自分は偉いという論理を作り上げる。

（6）魯迅が「或る要人の暗殺を上級のものから命じられた」と増田渉氏に話したことがあり（増田渉『魯迅の印象』）、増田氏は魯迅が光復会員であったと確信している（林辰『魯迅事蹟考』にも考証がある）。その時も、自分の死後の母親を気遣っている。

（7）　吉川幸次郎博士は、鄭玄、何晏、伊藤仁斎らの説を挙げ（『論語』世界古典文学全集4　筑摩書房）伊藤説（「君主は人民のために、その経由利用すべき文化施設を整備すべきだが、かくすることの恩思を知れと、おしつけてはならぬ」）を評価している（吉川幸次郎〈雷峰塔〉）。儒家は、徳治を前提とする以上、民衆の希望はすべて実現することを約束するという使命感に貫かれていなければならぬはずであり、その表現と、私は解釈している。そのため、逆に民の側からの発言を封じる結果となっているのである。この伝統は、実態はともあれ、歴代の為政者に貫かれている。

（8）〈阿Q正伝〉第一章の「引車売漿者之流」について、山上正義が翻訳のため魯迅に問合わせたところ、語釈とともに暗に蔡元培の父親を諷した林紓の語であると答えている。（『海』一九七五年九月号）

（9）　見物人の九分の得意の一分の不足は、やはり死後の不安からであろう。中国では、直系子孫の供物によって死後の世界に「生き」、五百年後（この年数は確実ではないが、夫婦は〝五百年前の冤家〟という成句からみれば、たぶん死後の生活は五百年と考えているのであろう）に再生する。これは斉しく望むところであるが、阿Qを見、わが身を顧みたところで、一分の不安を感じたのであろう。阿Qは、見物人の受けに酔って夜寝るまで気がつかず、その瞬間は「十分の得意」でいられたのである。魯迅が『孟子』や『左伝』を引用するのは、かなりひねった表現にみえるが、中国人なら自然の感情かもしれない。

(10) 唐の伝奇〈周秦行紀〉以来、小説は個人攻撃の手段に利用された。『紅楼夢』の冒頭部分でも、決して他家の女性をそしることを意図するものではないと断わらなければならず、魯迅も〈戯週刊社的信〉で特定のモデルを描写したことはないと、小説の読まれかたに不満を述べている。

(11) 魯迅は礦務鉄路学堂の出身であるが、陸師学堂の付設校なので、士官学校の予備校的な成城学校進学が予定されたのかもしれない。仙台医学専門学校に入学した説明として、「戦時には軍医として」ということばも、これと関係あるのかもしれないが、この事情については、まだ解明されていないようである。

(12) 梁啓超には『中国小説史略』以外でも多少触れているが、彼からの影響に言及するものは管見ではない。

(13) 鈴木逸太氏らの証言によれば、魯迅をミルクホール・晩翠軒や森徳座で見かけたという。当時ミルクホールへいくのは、官報を見るのが目的であったようなので、時事に関する記述があってもおかしくないし、紹興劇に興味をもっていたことから考えれば、歌舞伎の観劇についての感想があってもよいと思われるが、まったくない。

(14) 鈴木氏の証言は、誘導尋問的な質問に答えて、あったかもしれないと思わせるものである。当時のスライドのなかにあれば、教室でも映された可能性があるが、確かめられないのは残念である。私の経験では、姫路城内に展観されていた黄色に変色した日露戦争の写真のなかに、斬殺の場面を見たことがある。当時、流布していた可能性はあると思われる。

（15）魯迅が仙台に到着したのは、明治三七年（一九〇四）九月一〇日の前と推定されるが（『仙台における魯迅の記録』）、日暮里駅の開設は明治三八年四月一日である。ちなみに、仙台駅は明治二〇年一二月一五日、水戸駅は明治二二年一月一六日に開設されている（日本国有鉄道客局編『日本国有鉄道停事場一覧』一九八五）。

（16）『光明日報』一九七六・六・五、および『革命文物』一九七六年第二期に紹介された魯迅の仙台から友人に宛てた書簡が『仙台における魯迅の記録』に収録されている。それによると、新聞紙上で中国に関する記事を見て心を痛め、日本の同級生の来訪をうるさく感じていたことが記されている。東京の宿をユートピアと称している。来日以来すでに二年間過ごし、異境での生活に慣れていたであろうに、それにしては仙台の暮しがよほど合わなかったものと思われる。

ちなみに、敬慕する藤野先生の抑揚頓挫する方言には、かなり悩まされたのであろう。魯迅自身、北京大学での小説史の講義に、テキスト代わりに『中国小説史略』を出版したのは、その経験によるのではないかと思われる。また、増田渉にあれほど親切に『中国小説史略』や自作の「講解」をしたのは、増田氏の人柄にもよるのであろうが、往年の藤野先生と魯迅の関係を彷彿させるものがある。

（17）このことには、今村与志雄氏も気がついており、『魯迅選集』（岩波書店・一九六四年改訂版）第七巻付録に〈魯迅の原稿について〉と題して紹介している。

（18）拙論〈儒・道・墨と作家——魯迅と郭沫若の発想〉（『魯迅私論』所収）は、魯迅の思惟方法の特徴の一、祖型へ遡って対処法を考えることについて論じたものである。

(19)『吶喊』自序にもこれにふれ「一個振臂一呼応者雲集的英雄」ではないことの自覚について述べている。よほどの失意を味わったことが知られるのである。

(20)『水滸伝』は、「忠義」と「替天行道」の二種のスローガンを掲げている。官軍に対しては後者を、他の敵に対しては前者と使い分けをして保身をはかっている。このすりかえは、阿Qの論理と重なり合う。奴隷になっても生き抜き、最後の瞬間も「他意思之間、似乎覚得人生天地間、大約本来有時也未免要殺頭的」(阿Q)の楽天性を保持できるのである。

(21)「東京シンポジュウム」については、『中国研究月報』五二九号(中国研究所)一九九二年三月号に伊藤虎丸・劉再復・李欧梵の三氏の論文とともに、開催の経緯についての報告をした。〔本書二四〇頁以下を参照。〕

Ⅱ　魯迅作品論Ⅱ

一　〈示衆（ひきまわし）〉について

竹内好氏は、この作品を「死刑囚の引き廻しと、見物の群衆の動きを書いたものだが、モチーフがわからず（作品以外のものから想像するほか）、描写も観念的で、とらえようがない作品」（世界ハンドブック『魯迅』一七九ページ）とやや投げ出した形で書いている。

同氏が、岩波版魯迅選集第二巻の解説に「むろん、そのモチーフは、『吶喊』自序に述べられている仙台における幻灯事件以来のものである。」と指摘している点に、わたしも以前から気がかりになっていたので、会読にとり上げたのである。その結果は、わびしい、めいるような気分を味わっただけであった。

死刑囚と群衆の関係については描いているものは、〈藤野先生〉〈薬〉〈阿Q正伝〉などである。〈藤野先生〉では、魯迅は、いわば傍観者の立場、〈阿Q正伝〉では被害者阿Qの位地に自分の身をおいている。〈薬〉は、民衆の生活に焦点をあわせて、農村の人々の田舎的合理主義――「あれは発狂したんだ」といって自分と区別し安心する――のために、民衆の精神の中には埋葬されずにおわった革命家の空しい死を描いている。それを、北京という都会に場所を移して、囚人と民衆の無関係さをクローズ・アップしたのが〈示衆〉であると、わたしは考える。

このように、たびたび囚人と民衆の関係をとり上げたのは、このことについての魯迅の関心が、なみなみならぬものであることを示している。したがって、この作品でも、狙いは囚人と群集の内的関連の無さであるにちがいない。魯迅の見た民衆は、革命には無縁の存在で、かれら自身は少しの悪意ももっていないが、「人が人を食う社会」の構成を下からしっかり支えている。そうして、見渡したところ、それを破ろうとするエネルギー源はどこにもない。そんなことを描きたかったのであろうと想像することはできる。

しかし、〈示衆〉についてこのように作者の意図をとらえることは、「作品以外のものから想像するほか」ないのである。構成についてみよう。

真夏の午前の北京の自然描写

饅頭の売り声

第一の事件（囚人のひきまわし）
饅頭の売り声
第二の事件（車夫が倒れる）
饅頭の売り声

饅頭屋の小僧の寝ぼけたような売り声をあいのてにして、第一、第二の事件が並べられている。この二つは、本質的にまったく比べものにならぬはずでありながら、同列に扱われていて、二つの波の起伏が単調なくりかえしにおわっている。そのため、相当の紙数が費やされた第一の事件が、印象のぼやけたものになっている。

そこで、わたしの不満な点をあげてみよう。

竹内氏は「死刑囚」と書いておられるが、「白い袖なしに一面に字が書かれ、ひきまわされる」のは死刑囚に限るのであろうか。常識的に考えて、「死刑囚」と断定することはできよう。そこで「死刑囚」ということにして、もう一歩進むと、この囚人の犯罪がなにであるか、少しも書かれていないことに気がつく。なにであろうとかまわない、ということも一応できるが、魯迅としては政治犯と見なされた者の運命に、より大きい関心があるはずだと考えてさしつかえなかろう。革命のため非業の死をとげる者、革命にまきこまれてぎせいとなる者が、

〈薬〉〈阿Q正伝〉の主人公であるのだから。ここに登場する人物も、そういう一人だとすれば、読者であるわたしには、囚人の運命がどのようなものかは、はっきりした印象がえられる。そこで、好奇心で集まった野次馬の生態が、刻明に描かれれば描かれるほど、読者にはその恐ろしいまでの無気力を、よりはっきり、感じとることができるはずである。

第二に、囚人と巡査の心理的関係が、まるっきり描かれていないことも気になる。群衆の動きに対応して、この二人にももう少しなにかあってよいのではないか。この点からも囚人のイメージは浮き上がってこない。

第三に、野次馬の関心の度合がはっきりしないで、それぞれが一色の「無関心」でぬりつぶされている。ここで描かれている人々によって、とにかく都会の通行人らしいものは尽くされていると思うが、それぞれが「割り込む」ことにしか関心をもっていないとすれば、都会の野次馬の生態を写しただけのことにおわってしまう。第二の事件が対照として出されているが、珍しい事件とありふれた事件以上の相違はない。そのため、第二の事件にも同じ関心を示す人と、示さぬ人の区別をしていても、これによって〈示衆〉の意味ははっきりしないし、作品にとり入れた効果もない。

ただ、冒頭の真夏の午前の北京の描写は、だらけきった情景を余すところなく伝えている。

このわずか数行のリアルさには、まったく魅了される。以下の物語が、ここですべて語りつくされているとさえ思う。しかし作者自身もこの気分のとりこになって、無意識に無気力になっているのではなかろうか。客観化された作品世界のうらに、脱却のための気魄といったものが感じられないで、作者の虚脱感のようなものだけが残って、あとあじが悪い。五四運動を頂点とする革命熱が退潮期に入ったとき、魯迅自身もひきこまれていたことをしめすものであろうか。

〈附記〉

この場合、政治犯を書こうとする意図はない。こんなことでいいのかと言えない気もち、言っても仕方がないという気持ちが魯迅を支配していて、その気持ちについて考えねばならぬ、という意見と、「尻がでっぱる」といった描写が、人間関係を浮き出させるために必要でなく、作品の本質的なものをとらえる妨げをしているという意見があった。もっともである。

二 〈孤独者〉再論——傍観者の論理——

『魯迅研究』二一号の合評で、私はT君の「魏連殳のたどった道」について意見をいうことになっていた。たぶん、私が〈孤独者〉という作品を対象に二回論文を書いたという因縁によって、編集部はT君の批判者の席に私をすわらせたのであろう。

〈阿Q正伝〉がそうであったように、この作品は、よみ返すたびに新しい発見があって、以前に作り上げた魯迅像がくずれる。そこでT君の論文の批判の前に、私の〈孤独者〉観の形成過程を整理してみよう。

第一回〈中文学会報第九号所載〈『孤独者』私論〉、東大中文研究室発行、一九五六年一一月〉は恐らく誰でもこの作品の印象としていちばん強くうけるであろう例の「手傷をおった狼が、深夜の曠野に吠え狂うような」叫び声が関心の中心にあった。ところが、武田泰淳の「声なき男」をよんで、「虎か狼が深夜の虚空に向かって吠えるごとく」たまりたまった「声」の不消化物をいっぺんに吐きだすくだりにきて、これがこのうめき声の正体か、と思って両作品をくらべてみたところ、偶然とは思えぬテーマ、構成の類似から、さらに両作者の経歴、発想にまで及んで、ある種の確信をもったので、そこを突破口として〈孤独者〉の作者の精神のなかにまでふみ入りたいと考えて書いたものであった。泰淳氏にあって確認すれば、比較文学研究として、ほぼ完全であったと思う。泰淳氏の発想法に、魯迅と共通するものがあることは、改めて論証するまでもないし、いまその必要もない。ただし、これを書き上げたとき、どうも私の感じたものと違うぞ、という不安をはらいのけることができなかった。一九二〇年代の中国と、五〇年代の日本の距離を無意識であったが、無視したことがその原因のひとつである。

第二回〔『東京支那学報』第四号所載〈魯迅の小説における知識人〉・東大中哲文研究室発行、一九五八年六月〕は、孤独な男、魏連殳の生涯をたどりながら、魯迅の精神運動の経歴をさぐろうとしたものであった。描かれたものと描くものの関係を、魯迅の作品において発見したいと努力したものである。このときは、作品外のものをつかって作品の再構成をし、その結果は満足すべきものではなかった。

以上の事情を明らかにした上で、T君の論文について問題を出したい。T君は、作品中における「手紙」の意味を重視して、それを中心に魏の精神の傾斜と生活をたどり、最後に作中人物と作者の関係に立ち入っている。この、手紙を重視するとらえ方から、作品外のものに手がかりを求める方法が出てくるのは、自然の成り行きである。T君の論文に同意した点を除いて、疑問ないし反対したものを列挙しよう。T君に提出した第一問は、魏の孤独とはどんな性質のものか?である。もちろんT君もとりあげているが、そのとりあげ方に不満であるからだ。私なりにいちおう答えを出そう。それは、かれを育てた祖母と同じ型の、しかし次元の異なるものである。次元の相違とはどういうことか。それがこの作品でどういう意味をもち、その意味をとくことは、我々にとってどんな意味をもつのか。それらについて私のもついらだたしさを、誰かに投げつけようとしたのが第一問である。第二は、作品中に「勝利」と魏がいうことばの意味である。私は否定的な意味ではあるが、魏の勝利は、やはり勝利であったと思う。決してこのことばは、「敗北」と同義語ではない。それ以外に勝利できない方法によって、自分を勝利者にするこの惨しい努力は、「勝利」とよぶにふさわしい。自分の生命をかけてえらんだ最後の手段が、T君のいう「他人に対しても、自分に対しても、一切の責任感、うしろめたさから解放された境地に達する」ためであり、「過去とのつながりを、思い切り蹴とばす」ことによって「勝利」したといえるのであろうか。「茶番劇」の主人公となることを勝利とすることは、なんの意味ももたない。第三に、小さなことであったが、魏が「仲間の戦士から脱落し」たのは、「魯迅の心に重くのしかかっている体験をもってくる以外に考えるすべがないのではなかろうか」という疑問に対して、私は大きな意味をもつと考えて再三とりあげた、例の刺客として資格がないといわれた事件を、もう一度指摘したい。つまり、既知の外在する条件は、十分利用すべきである。ただし、それによりかかることは警戒しなければならない。この作品は、祖母に対する愛情、共感の強さが、魏の理性と感情の矛盾として描かれ、いわば外在する家族制が、作者ならびに主人公の魏に内在するものとしてとらえられていることは注目すべきであると考える。

これらの問題点は、いずれも私の第二の論文でとりあげたことであるので、時間的に古いもので新しいT君の論文批判をするという結果になった。

私の書いたものが、どのように空しいものか、説得力のないものかを感じながら、恐る恐る新しい問題をひとつ提出した。この作品は、魏の死を通じて革命家に対する責任追及があるのではないか。

家族の安否を気づかうということを、自分の問題として汲みとって組織できない革命というのは、突発的な爆発力があるだけで、永続性のある革命運動というものには発展しない。最初のエネルギーで権力を手に入れることができなければ、再起はほとんど不可能になるほど、その痛手はあとまで残るものである。すぐれた闘士は死んだ。組織者は方針を見失う。革命を願った人たちは、かつての光栄だけを胸にいだいている。そのときに反動勢力は、一気に失地回復をはかる。

かくて、あらゆる場所に矛盾を残して、一切が相対的な安定をうる。したがって自然発生的に、矛盾が表面化して起る衝突はあるけれども、個別的に解決されて全体との関係ではとらえられない。「五四退潮期」とはこういう時期であったのではないか。（これは、全く魯迅の作品を通して得た結論であって、当時の歴史を再建した上での確証があるわけではない。また一口に「五四退潮期」というあいまいな表現も気になるが、いまそれにかまってはいられない）。だとすれば、〈端午節〉から〈祝福〉、〈孤独者〉、〈傷逝〉とつづくインテリを扱った作品の位地づけができる。

こういう風に解釈すると、T君、M君からの反対が予想される。それは「私の心は軽くなった」と作品の最後にかかれていることについてである。

たしかに、M君（二一号〈『酒楼にて』について〉、四ページ参照）T君が共通に考えているように、作中の「私」は、魏に感じていたそくばくからとき放されて自由になる。ということは、先に提出した問題は、作品の主題とは認められないということである。そこに、私が発言をはばかった第二の問題がある。

その前に、合評会の席上で、M君とK君の間でかわされた「作者の意図を越えて」（二一号一〇ページ）についての討論に割り込もう。その討論は、大きな問題がひき出される芽があったと思うのだが、何故か立ち消えになった。そこで当事者をさしおいて、私が独走して、やじ馬の雑音をあげてみよう。

〈阿Q正伝〉をみると、「作者の意図」と「越えた」部分とがかなりはっきりと出ている。どういう点かということを、くわしくふれるのは、たぶん二三号の〈阿Q正伝〉特集の中で、誰かが書くことであろうから遠慮するとして、結論だけ簡単にいえば、「精神的勝利法」の図式化と、阿Qをとりまく「人が人を食う」世界の人間関係（階級関係といいなおしてもよい）である。そうして、わかりよいのは整理されて図式化されたものであり、感銘を受けるのは「意図を超えた」部分である。たとえば、整然と構成された法律の条文は、芸術的感動さえ与えるそうであるが、それと同様に構成のすぐれた作品は、読者の頭を混乱させないで「作者の意図」を伝え、感動させる。「完成度」と竹内好氏が作品の価値尺度に用いることばは、そういうものであろう。しかし、作家の創造とはそんなものであろうか。作品を創造するというのは、わかったことをわかるように構成する、というのであれば、私には小説の魅力が半減する。誰かのことばを借りるまでもなく、作家は世界を創造するものであろうし、読者はそれに参加して、自らの世界を創造するものであり、研究者とよばれる人も本質的には読者と変りがない。

人のふんどしで角力をとるような、あとあじの悪い立論のしかたであるが、そろそろ結論に入ることにしよう。M君のいうように「『私』ははっきり魏連殳と訣別する」とか、T君のいう「岐路に立って連殳の選んだ道を見つめ、それを拒否した魯迅は、ほっとした」というところで、この作品は終っていない。ためらった発言をわかりやすくはっきりいえば、「私」は傍観者であり、傍観者は犯罪の責任を負わねばならぬ。つまり「私」は好意ある傍観者であるが、傍観者であることによって魏連殳の死に責任があるということである。粗雑な論旨のすすめかたであるが、わかっていただけるであろうか。外在する「作者の意図」で作品研究は完結しない、という私の提言の「意図」が。

退潮期の傍観者は、昂揚期の傍観者と異なった大きな責任を負っているから、さきにあげた一連の作品に一貫した意味をみとめることができるのである。ということは、その意味をどううけとめるか、ということである。また生かじりの知識をもち出してお笑い草であるが、「不作為罪」というものがあるそうだ。たとえば、川に落ちた人を見て、何もしなかったとする。その傍観者の宗教、思想の何たるかを問わず、それは犯罪となる、というものだ（この例が当てはまるかどうか保障できない）。このことは法律の問題ではなくて、むしろモラルの問題である。このモラルが、実は作品創造の原動力であって、作者が意識的か無意識的かということよりも優先して、作品の中心課題とすべきものである。

二一号の合評会は、合評のわくを「越えて」研究会のありかたに発展した。そうして、私はそれを傍観していた。その後も傍観をつづけるつもりであったが、ことは研究会のありかたにかかり、本号に載せられるはずのK君の主張を、本人と編集部の許しを得てみることができたので、及び腰で問題をひとつ出して、火中の栗に手を出すことにした。

本篇の題名についての私の「意図」を明らかにして、本論の序文とする。

三　『故事新編』雑論——〈非攻〉を中心にして——

一九三〇年代の中国の文壇は、作品が純粋に作品として鑑賞されるよりは、作家の思想性をめぐって論争がくりひろげられたように、現代のぼくらには見える。「革命文学論戦」から「国防文学論戦」に至る途中で、左翼作家連盟の成立したことが、そうした印象を強くするのである。そして、それは日本の侵略に抵抗する作家にとって、当然の行動であったということもうなずけることである。

魯迅は、常にこの潮流の中心に位置して烈しい集中攻撃にたえぬいた。したがって、かれの雑感と呼ばれる評論は、問題を正面からとらえて、まじめそのものである。このことについても考えてみたいが、別の機会にゆずるとして、当面この時期に書かれた一連の作品、『故事新編』について二三の思いつきをのべて〈非攻〉のレポーターとしての責任を果したい。

『故事新編』は面白い作品集である。『野草』とはちがった意味で面白い。過去の有名な人物と、それにまつわる事件は、すでに古い物語の中で説かれている。それを再構するだけで、巧まぬ滑稽感を感じさせる。時には、それに拍車をかけるように作者自身もふざけてみせる。そこで、あははと笑いだすのであるが、笑い終ってはてなと首をかしげてみたくなる。〈鋳剣〉の眉間尺を除いて、登場する人物はすべて過去の名士である。それを並べて一つの作品集にまとめられてみると、個々の作品がそれぞれの世界を作っているだけでなく、全体が一つの目的をもって作られているような感じをうける。もちろん十年にわたって、とびとびに書かれた作品が、始めから全体の構成を予定して書かれたという意味ではない。しかし、逆にいえば十年にわたって古典から題材をもとめたことから、ある持続された目的が存在したと考えることを否定できまい。それは何か、と開きなおると簡単に断定できない問題が多数存在するが、その一つに、伝説上あるいは歴史上の人物を、ある種のタイプとしてとらえてみようとする試みがあったのではないかと思われる。たとえ実在の人物であるとしても、文献の十分存在しない遠い昔の人物は、後世の人が適当に潤色しながら存在を確実なものらしく作りあげ、その人物像がさらに後世の人の思惟や行動の枠となったということが考えられる。その過去の人物にまつわるベールを少しはぐことによって、今までとは違った面がとりだせるのではないか。またある種の寓話とされている物語を、寓話性の伝統的解釈をぬいてしまうと、別種の寓話として生命をもち始めるのではないか。『新編』と名づけられたのは、そういう意図もあったと思われる。したがって、正面からまじめに扱うのがよい物語もあれば、正反対の表現法をとる方がより大きな効果をおさめる場合もある。後者をくそまじめにうけとって、額面通りの解釈をしようとすると作者の真の意図からはずれた誤解をすることになり、また前者のまじめさの中に〔は〕、登場する個々の人物のまじめさの中に〔ある〕立場〔と作者自身の立場と〕のずれがあって、そこから喰いちがいが生れ、まじめであればあるほど読者の滑稽をさそうという型のものもある。そこで『故事新編』八編の作品は多様な表現形式をとるようになったのである。

別の見方をすると、作者が作品中の主人公に愛情をもつ作品ともたぬ作品というわけかたが可能になる。そうして前者の主人公は行動的な人物である。ということは、作者の精神の緊張がゆるんだ時には、たとえば〈起死〉のようにあと味の悪い作品ができるということであり、魯迅の関心が行動的な人物に強くむけられていたといえる。ただし、行動が〈采薇〉のように消極的な、局面打開から遠のいてゆく傾向をもつものには意義を認めなかった。そのことは伯夷兄弟が天からつかわされた鹿を殺して食おうとした『列士伝』の記載を使うことによって、周の粟を食わぬという意思が、実は形式倒れの片意地にすぎぬことを明らかにして同情をよせていないことからわかる。しかし、同じく後退的であるにしても、〈出関〉の老子には官につかぬという積極的な意思がある。〈采薇〉と〈出関〉の主題の差であると同時に、作者の作中人物との共感のちがいでもある。

行動的な人物は、〈補天〉の女媧、〈理水〉の禹、〈鋳剣〉の眉間尺と黒衣の人物、〈非攻〉の墨翟である。いずれもその目的は積極的な建設的な意義をもつ。そして、それぞれ書かれかたに微妙な差がある。それは、それぞれの作品の成立時期における魯迅の環境にもよるし、また主人公のもつ歴史的制約にもよる。〈補天〉については、すでにHさんのレポートが『魯迅研究』二二号にある。別に私見をつけ加えれば、人間の成立事情によって、かつては階級の存在を正当化するものであったのが、魯迅によって存在意義をもつ人間ともたぬ人間にかえられているので、『吶喊』からけずって『新編』に入れられるにふさわしい作品であったということである。さらに後半の調子のちがいは、「序言」における作者のことばを検討しなおす必要があるだろうが、「環境にもよる」といった意味が、そこにあるというだけで先に進みたい。〈理水〉は、私は好きではない。好悪をいうのはよくないが、禹という人物をとりまく高官たちの生態の叙述のしかたは、全くあと味が悪い。これも「環境にもよる」例であると考える。〈鋳剣〉については、I君が詳細な論文を寄せられているということなのでさし控えよう。

〈非攻〉は、作品としての緊張を失わないで、しかもゆとりがある。この作者の筆づかいは、〈出関〉の場合と軌を同じくしている。〈出関〉については、次号にK君が論ずる予定と聞いているのでふれないことにするが、歴史上の人物を見事に表裏からとらえてタイプに高めたものと考える。

〈非攻〉の墨子は、一言でいえば言行一致。言においても行においても非凡な人物である。作者ならずとも、こういう人物になりたいと願うのは人情であろう。その人ごとのタイプによって、墨子を願うか老子を願うかの別はあるだろうが、そして魯迅も相反する二つの願いを心にいだいていたにちがいない。功績あるいは行為の反対給付を求めない、自己を犠牲にできる人物ほど得難い恐るべきものはない。そのような人物が過去において現実に存在したということは、現在を悲観する心情を吹きとばすに足る大事件である。おおげさに云えば、生きる意味の確信がここから生れる。

思想史的にいえば、〈出関〉が老子と儒家の対照であったように、ここでは儒家と墨家があざやかに浮き彫りされている。「豚や犬さえたたかう、いわんや人間は……」という比喩による論法は、儒家のもつ理想主義と相反する常識的な弱点を露呈したものであり、ここでは無責任なアジテーターとしての意味しか与えられていない。儒のもつ態勢順応型を、たった数行の対話で明らかにしている。

いっぽう墨家の側は、比較的くわしく分析されている。墨翟という人物に集中的に表現される理想像も、わければ、曹公子、管黔敖、禽滑釐という長所短所となって現われる。曹は墨家の理念を演説の道具にひきさげてしまうタイプ。管は黙々と働く人物であるが、重要な存在でありながら組織能力を欠いていていわば土台石にしかなれぬ人物のタイプ、禽は両方を兼ねていて、小型の墨翟であるが、檜舞台に出て天下の態勢を動かすには力不足というタイプ。この墨子学派の末流が、〈ごろつきの変遷〉（『三閑集』、一九二九年）として雑感にとりあげられている所を見れば、中国人の思惟方法を規制する重要な思想と作者が考えていたことがわかる。そこでは、墨家が堕落して儒家の側に接近すると、「天にかわって道を行う」という大義名分が、実は権力をもたぬ弱いものをいじめる論理に転化する危険をはらんでおり、それ故、儒家よりもしまつが悪いことを現実に存在する上海の「俠」を観察して結論としている。それと同様のことが、思想の発生と同時に存在したことを、同じ弟子の中にいくつかのタイプ（耕注子の場合も、契約が実行されないからではなく、欲望がみたされないから辞職した、とことの真相をあばいて、耕注子の正論を封じている）をえがいて明らかにしている。これらは弟子をえがいて、墨子を側面から浮かび上がらせているのである。

では、完全充足の墨子はどうであるか。出発から帰着までの苦難の連続にたえることは、管の土砂を運ぶ労働と完全に重なる。公輸般や楚王を説得する能力は、曹の才能を拡大したものであろう。これは弁舌の域を出ないものであるが、次のテーブル上での戦闘は、墨子が弟子の及ばぬ実力の持主であることを示すものである。それを見る楚王の疑惑と驚きは、作品中のやまでもある。この実力こそが、〈非攻〉が他の八編と異なる存在意義を主張しうる点である。そして、その後の公輸般との対話で、墨子の主張がいっそう明らかにされる。その重農主義といわれる繁栄の方途が、実はこれが書かれた一九三四年当時の中国にとっての喫緊事でもあったのだ。

以上は、この作品の骨幹である部分についての、大ざっぱな私の解釈である。こうしたタイプの出現に対する作者の願いが、どのように強かったかは墨翟個人に向けられた笑い――主として嘲笑――がないことによって証明される。もちろん、この作品の中にも、他の作品と同様、笑いの要素はちりばめられている。儒家の論理をくずす場合も、日ごろ堯舜の治世を口にする儒家が、人間を豚や犬と同列におく矛盾をつく部分に、滑稽感がにじみ出ているが、それにもまして、公輸般に侵略戦争の意図をすてさせるために用いた論法に、たとえば「十円さしあげますから」侮辱を加えた人を殺して下さいという話題から一転して侵略の非論理性をつく所に、思わずふきださずにいられないおかしさがある。忠実に『墨子』公輸篇の記載を追ったものにすぎないが、地の文で敷衍された叙述、たとえば「墨子は非常に冷静に話した」「このことば――十円さしあげます――に主人は腹の底から怒りを爆発させた。顔色を変えると、冷ややかに答えた。「（それはまことに結構です）墨子はすっかり感動して起ち上がり」など数句ずつ加えられて、その場の両者の感情の動きと、公輸般の矛盾をひきだすまでの墨子の巧妙なかけひきとが、目にみえるようにえがかれていて、原文にあった滑稽さに生彩を与えている。

叙述についてさらにいえば、楚王が戦争を思いあきらめた後の公輸般の態度も、原文にそのまま拠っているが、勝利を確信する戦争とはいえ、やはり戦争から解放された安心感のようなものから、浮き浮きした気分にひたって口が軽くなった様子がよく写されている。

多少の酒が、かれの口を軽くさせたとはいえ、原文には、テーブル上の戦闘に敗れた屈辱を他の面でおぎなおうとする負け惜しみのようなものが感じとれるが、この作品では、冷静でまじめな墨子と好対照をなすタイプとしてえがかれている。そして、この対話から、墨子はたんなる非戦論者や非凡な戦術家ではなく、真の政治家としてのすぐれた資質をもつことを明らかにしている。これは、前述の重農主義であるが、ここでいっそう作者の理想像が明らかになるのである。

笑いに話をもどせば、墨子個人に向けられた笑いらしく見えるのは、たとえば成果をもって帰国すると宋の巡察隊のためにふろしきをとりあげられ、しかも雨にぬれて風邪をひき、「それ以来、十日余りも鼻をつまらせた。」という結びの部分があるが、これは事業の困難を非妥協的にえがいて墨子の自己犠牲の精神を印象づけると同時に、笑いは巡察隊にはねかえってゆく。ここに、作者の共感のなみなみならぬものを感じとることができるのである。

こうして読者は、春秋戦国の夢物語を読んでいると思っているうちに、現実の戦争（一九三一年から日本の対中国侵略が始まっていた）の反道義性を思い知らされることになる。

以上、大変雑然としているが、〈非攻〉のレポーターとしてのこの作品に対する傾倒の一端を明らかにした。

最後に、『太平広記』五巻にテーブル上の戦闘があり、それは『墨子』の公輸篇とほぼ同様であるが、〈采薇〉が諸書を縦横に駆使し、また、〈鋳剣〉が『列異伝』あるいは『捜神記』に拠っていることを考えあわせて、この作品の典拠の一つになっているであろうという推定をつけ加えておく。

四　『野草』における負の世界

『野草』は魯迅の文学の縮図であり、魯迅文学の原型とみなすことができる。『野草』がわかれば魯迅がわかる、と竹内好氏が書いて以来、『野草』はおそろしく難解なものと観念させるようになった。近づきにくい恐れのようなものを強いてふり切って読んでみると、たしかに竹内氏のいうように、作品を結晶させる力と、それを分散させる力の両方が働いているようにみえる。しかも、それは特に難解な作品の中に感じさせるものであるが、読み終って少し違うぞという感じがした。『野草』がわかれば魯迅がわかる、というのは竹内氏の関心のあり方を端的に物語ることばであって、そのまま鵜呑みにすると魯迅像がゆがむように思う。魯迅の発言の社会的な影響にのみ目を向けて強調しすぎる論のアンチ・テーゼとしてうけとるべきで、両者は主張する立場がちがっているのである。しかし、野草の読者をひきつける力は、魯迅が限定しようとしても限定しきれず、名づけようもなかった、彼の精神の奥深くひそむ混沌としたエネルギーのようなものである。そこにひきつけられた者は、たとえばN君の労作〈失われたよい地獄ノート〉(『魯迅研究』一号)のような見方は、面白いけれども失われたものの行方が気になって仕方がない。やはり、雑感と散文詩の性質の相違——表現形式をさしているのではない——を念頭におかなければなるまい。つまり、外的状況と『野草』の各篇を対応させて関係を求めることも、『野草』の句をとり出して魯迅の他の作品(雑感・書簡を含む)の類似したことばを集めて解釈することも、余り有意義とは思えない。

前おきが長くなったが、魯迅が自分でも限定し、形を与えることができなかった最も根源的な疑いを、表白せずにはいられなかった衝動と、どろどろと形をなさぬものとが一体になっている作品を『野草』の中からえらび出すことができると思う。『野草』の中には比較的わかりやすい、主題と構成をもった作品もある。それにしても、すっかりわかるという勇気はないが、たとえば〈旅人〉、〈このような戦士〉、〈賢人と馬鹿と奴隷〉、あるいは〈雪〉、〈たこ〉、〈犬の反駁〉、〈立論〉といった作品は、読後の印象はかなりはっきりしているし、共通したものがあるといえよう。しかし、「私は夢の中で……していた」という書き出しの一連の作品は、何とも奇妙なイメージでみたされており、部分部分の鮮明さにくらべて全体の印象はぼやけている。にも拘らず、結論としては一番面白い。その面白さは、読むたびに少しずつ新しい発見があって、時に目がさめるような気がすることだ。これらの作品は、〈旅人〉、〈このような戦士〉……などの作品に対して、作者の精神を裏側から現わそうとしたもので、負の世界を形成するといえよう。

〈死火〉〈墓碑銘〉〈死後〉の三篇は、死を軸にしている。死の世界の美しさは、青白い氷樹におおわれた氷山が天に接して、きらきら輝きながらすべて凍りついているところにある。真紅の炎さえも凍っている。（この色の美しいコントラストに魅了される。）しかし、夢で氷山の間を走り廻る「私」は熱い血潮が流れている異分子である。彼は、動きの先端にある力の形を見きわめたいと願っている。刻々に変化する、快速艇の切る波頭や溶鉱炉から噴出する火など。夢の世界では、その希望をみたしてくれるかの如く思われた。だが、凍った炎もさわれば冷気で指をこがすものであった。そして、その瞬間、正と負の世界が接触したのだ。炎は正の世界の「私」と行動を共にして燃えつくし、「私」は石の車にひかれて負の世界で死ぬ。「ハハハ、お前たちは、もう死火には逢えないのだぞ」といった時の「私」の笑いにひそむ快感は、復讐をとげた者のみに許されるものである。しかし、「私」は正と負の世界の中間――「無地」――に存在する以外にない。死火は氷にとじこめられた世界を変革する力はない。その世界は「失われたよい地獄」と連なっている。「地獄」は、それと一度関係をもってしまえば、その中の一人一人に責任を要求する全体世界となる。「私」は魔鬼から話をきいて、世界の歴史を知った。「私」は、全体世界の一員として責任をもっているが、その歴史の中に地位をもたない。そこで、この天神、魔鬼、鬼衆、人類などの対立矛盾する者以外のところから、原始的エネルギーをもった野獣や悪鬼をかたらって……ということになる。結局、落ち着くところはそこであるが、『野草』のはじまりが、すがりつきたい何かに対する拒否で始まっている〈影の告別・乞食者〉のであるから、野獣や悪鬼は幻想の再来である。〈墓碑銘〉で、きっぱり幻想をうちこわす。碑文の一句、一句は一点の妥協も許さない烈しいものである。「答えよ我に。しからざれば去れ！」。逃げる以外にないだろう。しかも、脳も腹もさけて内臓のない死体が、むっくり起きて口を動かさずに言う。「おれが塵になる時に、おれの微笑を見るだろう」。なんとすごい状景ではないか。少しのゆるみもなく、ここまで畳みかけて来る精神の強さに圧倒される。ほとんど完成された負の世界である。「私」は逃げだすが、これを書いた魯迅はたじろがない。碑文の一句、一句が魯迅の体験で裏うちされ、これ以上の、あるいはこれ以下の状態のない、いわば限界状況を掌中にしっかり掴んでいるからである。

負の世界が完成に近づくのは、認識の基礎が確立することであるが、正、負に拘わらず完成されたものは作者自身も信じていないように思われる。しかも、肯定的に書かれたものほど、作者自身も気休めにしか思っていないようだ。そのためもう一段ものすごい状況を設定して、裏側から攻めよせる。死んだ時に、運動神経は死んでいて知覚が生き残ったとしたら、死さえ絶望的ではないか。一切が受動だけで、積極的に行動する権利を奪われた状態がどんなに悲惨なものか、この物語は強烈に印象づける。しかもそれだけでなく、死んだことを認めない古書店の小僧の出現に、うっかり生き返って応対してしまい、ある程度の安らぎをえたところからひき戻され、またも例の「無地」をさまよう。そこでもう一度死を求める。その時、人の思想は死後も変化するものであることを感得した。ここで「私」の死は終結せざるを得ない。心の平安が破れて、走馬灯のように見た生前の夢が中途半端なものであったように、死後の世界も同じであるとすれば、死すら無意味ではないか。生も無意味、死も無意味だとすれば、残されたのは「明」と「暗」の境にある「無地」である。かくて、正と負の世界のであう所が野草の出発点であり、魯迅の精神の根底に横たわる疑いである「無地」に帰着する。難解な作品が、なぜ面白いかということを究明するつもりが結局出発点にもどってしまったというのは、どういうことであろうか。野草の作品の中にある奇妙な論理をとくかぎを間違えたということであろうか。〈阿Q正伝〉の冒頭にある、阿Qを書くに至る説明——作者自身にむけられたものであるが——の論理が、わかったようでわからないのと、どうも軌を一にしているように思われる。

五　『野草』の両面

(一)

前号で、現実的な世界を描くために生ずる束縛から最も解放された、幻想的な世界が舞台となった作品群を対象にして、『野草』における魯迅の精神を探ろうとしたが、論の構成と叙述が一人合点で理解できないという非難が集中したので、裏返しにした地点から『野草』における「正」の世界について考えてみたい。

前号でM君が『野草』の世界の作品を四系列にわけているが、分類については別の考えがあるので、その点は保留して便宜的にM君の分類に従って第四の系列の作品を対象としたい。とくに会読の際、レポーターであったので、〈過客〉を中心に考えることにする。この作品は、会読の際の評判は香しくなかった。つまらないという意見が多く、それを整理して「もちろん〈過客〉には過去・現在・未来にかけての、魯迅独特の考え方が見られ……これらはいわば『野草』でなくても見られるものなのだ。すでに魯迅にとっては解決ずみのことを、『誇張していえば散文詩』である形式を用いて表現したにすぎないと言ってよい。」（傍点引用者）とM君はのべている。それに続けて「（〈過客〉は）他のものと異なり混沌のまま表出したものでなく、すでに整理し、図式化してとり出している」。私自身も「つまらない」といったおぼえはあるがM君のように「解決ずみ」といって片付けられないものを感じている。『野草』をよみ終って、いわゆる「負」の世界を書いた魯迅からみれば解決されたといえようが、〈過客〉の書かれた時には、まだ「図式化」が目的とは思えない。

（二）

〈過客〉は『野草』の中では風変りな一幕劇の作品である。劇形式にしたのは、三人の登場人物に自分の心情をわけて、それを描きわけるうえで効果的であったことと共に、劇形式によって舞台の奥行きを広げ作品世界の構成を立体化するのに役立っている。登場人物はそれぞれの世界をもって独立し、老人の泥の家の前で偶然に出あうのである。この三人は、それぞれ世代を示す。いわば、過去、現在、未来という関係で、現在を意味する三十代の旅人が過去と未来をつなぐ位置について、現在であるが故に行動する。その行動が、奇妙なことに、歩くことを目的とする完結した行為なのである。老人は、すでに「東、南、北」と歩きつくした。歩くことの無意味さは十分知っている。その過去の行動者であったという場からの発言であるから、その一言一言が旅人の胸をさすのである。老人は旅人をひきとめるが、強制はしない。一方、未来は常に美しい夢にみちている。十歳前後の娘が未来を代表して登場して来るのには、意味があるにちがいない。彼女には、墓さえ野百合や野バラの咲く花園に見える。しかし、彼女は未来であるから、また「女」であるから行動しない。彼女にできるのは、現在をはげまし、いたわることである。彼女は「施し」をする。しかし、進んで現在のよごれた肉体に手をふれ、傷口をふさぐことはしない。なぜなら、彼らはそれぞれ別の世界に住むからだ。

原始的な歩くという行為にも、目的地が全く意識されていないとはいえない。それは墓（つまり最も確実であるが、発展性のない地点）であるか、野百合や野バラの咲く楽園らしきもの（現在地から見通せぬ予想のできない状態であるが、本来歩く行為の目的地であるべきもの）であるか分らぬ西方である。そして墓であるか楽園であるかよりも、そこまで行きつけるかどうかが、当面の問題の中心なのである。旅人にとっては、墓であっても、もちろんよいのである。歩き続けられるかどうか。この終着点があるのかどうかさえわからぬ行為は、「犠牲をかえりみない奮闘精神にみちみちて、時代の先頭に立ち、人民大衆のため前途を模索する」[1]という雄々しい行為であろうか。くりかえしになるが、「乞食者」で乞食することが既定のものであり、作者自身に、あるいは全中国の人民に課せられた、この宿命的な行為を否定することが魯迅に考えられなかったように、歩くことは、積極的に選ばれた絶望的な行為なのである。沈黙をすてて行動にふみきったからには、停止、休息が死を意味する状況におかれれば、「看板、縄張り、排斥、陰謀、おせじ笑い、空涙……」の世界から最も遠い方向にむかって進む以外にない。しかも、前方からは休息を拒否する声が呼びかけて来るのだ。こうした状況に追いつめられた現在のとるべき手段は、あらゆるものを飲みつくしてエネルギーに転化することである。水であろうと、施しをする彼女の生命さえも、つまり手段をえらばぬエゴイズムに徹しなければ、この行動はささえられないのだ。過去も未来も現在と行動を共にしない。もし、未来の好意にあまえるならば、旅人自身を含めて一切（過去、現在）が滅亡し、施しをした人が一人（未来）だけ生き残るほかはない。他人の好意の重みをつき放し、過去と未来のどちらとも関係をたちきって、別の次元にあるのが現在であるからには、過去の知慧も、未来の希望も、現在にとっての邪魔物でしかない。かくて現在が現在であるためには、行動によって現在の地位を固める以外にはない。つまり生を生たらしめるのが、歩くという行為なのである。

その生が、どのように生気のないものか、最初の場面の説明で明らかにされている。瓦や石の山の中に、何本かの雑木があるだけで、色どりをそえるものは何ものも見当らない。その上、日は暮れようとしている。作者の心の中の荒廃を、そのままさらけだした状景である。墓からくる声は何ものともきめにくいが、「人が人を食う」暗黒世界に住む声なき人々と、それをひっくるめて中国を救おうとした先覚者の叫びであろう。それに無関心でない一人の旅人が、歩く一人となって道をつけようと、我が心をむちうって歩く姿は、まるで呪われた運命を背負って歩く殉教者のようである。もし、その運命を超越した力を手に入れたならば、もはや歩く必要はなくなる。しかし、それは「超人」であって、魯迅ではない。今よりよくなる条件が全くない時、最も原始的な歩くという行為で自分の位置を確かめながら、方法と方向を模索することが、これを書かせた魯迅の心境であろう。なぜならば、「絶望の虚妄なるは、正に希望と相同じい。」からである。始めに「奇妙な」といった行為は、「負」の世界によって乗り越えられるまでは、最も正当な、これ以外にはありえない行為であったのだ。

〈過客〉は、現実の複雑さと呼応して複雑な構造をもつ作品である。老人と娘が負わされている意味について考える必要がある。しかし、「正」の世界の主人公は現在であるから、ここで、これ以上のべる必要はない。〈犬の反駁〉〈賢人と馬鹿と奴隷〉〈立論〉などは、現在のもつ一面を拡大して描いたものであるが、それについては前号にK君によってつくされている。〈このような戦士〉を、この系列の作品の頂点におくことにも異論はない。K君の指摘するように「構造の簡単でリアルな暴露」は、原型をとり出すことによってエネルギーの根源と形体を明らかにし、問題の中心を明らかにすることができるのである。ここから逆に旅人の運命を眺めると、現在の敵は「無物の物」であり、不屈の戦士も遂には無物の陣中で老衰し、生命を終えるということに継承されていることがわかる。かくて、この系列の作品は、無限のエネルギーを秘めた「負」の作品系列によってのりこえられねばならないのである。「暗黒に没入すれば、かくて世界は我が物になる」といいきるほどの暗黒への執念は、光明を求めるためにではなく、まさしく暗黒そのものへと目ざされているのである。一歩まちがえば、ファシズムにさえ転化しかねない。それほどにまでうちこんだエネルギーの解放への欲求が、決してファシズムにならぬ保証を、私は『野草』の「正」の世界にみる。「正」と「負」の二つの世界がからみ合って書きつがれたところに、『野草』を書きついだ魯迅に貫かれた一本の線があり、『野草』を理解する重要なカギが存在するのだ。

註

（1）衛俊秀〈魯迅〝野草〟探索〉一二三頁、上海泥土社、一九五四年。

六 〈徐懋庸……[1]〉のうけとりかたについて

この会読をつうじて心からはなれない問題があった。それを整理したいと思う。「××の事件に対して中国人はどのようなたたかいかたをしたか知りたい……」という要求がある。すると、それに答えるのが中国文学を学ぶものの使命だから翻訳してひろめなければならない。というわけで、つぎつぎに出版される。これは、ある時期の中国の現実と日本の現実の類似をみて、そこから生れる親近感のようなものの上にのって、正当化した口実のように思われる。ある事件に対するたたかいの仕方を知るためなら、現在の中国より、現在のフランスの方が日本のおかれた条件と似ているのではないか。たとえば、アンドレ・スチールの「最初の衝突」は、ある種の要求をみたしてくれるものになる。こういう受けとりかたを、少しひろげて考えると、大ざっぱにいって明治以後の外国文学一般について云えるのではないか。まずAを、Aがだめなら B、……とたえず模倣する。かりにCの条件を日本のなかに設定して、日本の現実からは目をそらすことによって成立させたからであるとわたしは思う。例外はむろんあろうが、結果を模倣することが、わたしたちの目的でないとすれば、

「魯迅を学ぶ」とはどういうことか。

七号で問題として残されたことと、全く異なったことを云いだすわけであるが、混乱を防ぐために、一つに焦点をしぼろう。それは会読中に、魯迅は結果を問題にしたのか、動機を問題にして徐に迫っているのかを問題点として提出したが、出しかたがアイマイなためか討論にならなかった。コトバをかえて、もう一度もち出すと「徐らのやったことが統一戦線を破壊する結果をひきおこしたから、いけないというのか、そういう結果をひきおこす徐らの姿勢が歴史に忠実に生きる姿勢でないから、それを問題にしているのか」。この二つのことは、実はからみあっており、分けようというのは試験管の中の実験のようなものであって現実に即した考えではないかもしれないが、分けなければならないように思う。

そのことを「まずいくつかの事を見、その上で、徐懋庸の輩の人を見たのである。」によって、わたしなりの結論をえた。つまりこの論争の眼目は、魯迅が徐らの姿勢を否定したのである。姿勢は目に見えないものであるが、その人はいろいろの行為をする。その行為から、その人の姿勢がつかみ出されるのである。「いくつかの事を見て、幾人かの人を見た」とはこのことを云うのであると思う。行為した主体である人間が姿勢を変えること、を要求する魯迅の「姿勢」がここにはっきりあらわれている。姿勢が変らなければ、その人間はあらゆる問題に同じような誤りを犯すことが明白だからである。もちろんこの場合、指導者は意図の如何にかかわらず結果に責任をもて、という魯迅の手紙についても同様に理会した。それだからこそ、「かれは翻訳によって少しも得たものがないらしい、実際に改めて精読する必要がある」と、「翻訳」することも学習するためであることを教えているのである。

「魯迅を学ぶ」というのは、魯迅のたたかいの結果を学ぶことではなく、歴史を忠実に歩ませるエネルギーの源泉を摑みだして自分の身につけることであると、わたしは思う。

註

（1） 魯迅〈答徐懋庸并関于抗日統一戦線問題〉（『作家』一九三六年八月十五日、第一巻第五期所載）

Ⅲ　魯迅の同時代人

一　雑誌『新潮』の足跡

（一）

雑誌『新青年』によって口火を切られた「文学革命」は、五・四運動を経て、一方では、陳独秀、李大釗によるマルクス主義の紹介・研究から中国共産党の結成への動きを準備し、一方では、〈狂人日記〉〈孔乙己〉に続いて、若い作家たちによる近代文学作品の創造から、「文学研究会」の創立をもたらした。

雑誌『新潮』は、この文学革命のさなか、一九一九年一月に創刊され、一九二二年三月、三巻二号を最後に終刊に至っている。「社員」の多くが北京大学学生であり、またそのうちの相当の部分が、のちに文学研究会の会員になっていることから見て、この雑誌は、いわば文学革命のなかから生れて、それに続く時期の中堅となった世代を育てた雑誌ということができる。この雑誌については、これまで数多くの中国現代文学史に関する著作も、くわしくふれていないが、その性格・特徴をできるだけ探り、明らかにすることは、文学研究会その他、これに続く中国近代文学の初期における性格、ないしその時期の文学的・思想的雰囲気について、ある程度の展望を与えることになるのではないかと思われる。

『新潮』の発刊が計画され始めたのは、一九一七年秋である。当時北京大学の学生であった傅斯年と顧頡剛が、同じ宿舎に住んでおり、徐彦之がその近所にいた。彼らはほとんど毎日集まって話し合っていたが、そのうちに彼ら自身の雑誌を出そうと言う話が出るようになった。このことはその後もしばしば話題に上り、顧頡剛の友人潘家洵、傅斯年の友人 羅家倫も加わるようになった。しかし当時はとても不可能なことのように思われ、この話も暇つぶしの話題以上には出なかったという(1)。

翌一九一八年秋、傅斯年と徐彦之の話から、とにかくやってみよう、成功しなくてもかまわないだろう、ということになり、具体的な計画が立てられ始めた。原稿を集めることはたいして困難ではないと思われた。最大の困難は経済問題であった。社員が負担するだけでは、費用はまったく足りなかった。そこで徐彦之が文学部長陳独秀に相談すると、陳独秀は、「きみたちがやる決心で、長く続ける気があるなら、経済の面は学校が負担してもよい」と答えた。予想外のこの援助を得て、準備は急速に進められた。傅斯年・徐彦之・羅家倫・康白清の四人で方法を研究し、それに十数名の学生が加わった。胡適が顧問となり、その指導を大いに受けたという。一〇月一三日第一回準備会が開かれ、その原則として、

（1）批評的精神

（2）科学的主義

（3）革新的文詞

の三項が定められた。徐彦之が雑誌の英語名を The Renaissance と提案、羅家倫からも中国名を『新潮』にしようという提案があり、ちょうど対訳の形ができあがった。一〇月一九日第二回準備会が開かれ、役員を定め、原稿の準備に着手した。李大釗が図書館の一室を新潮社に提供してくれ、李辛白が印刷発行等の面で援助してくれた。こうして一九一九年一月一日第一号が発刊された。創刊号に掲載された〈新潮発刊旨趣書〉によれば、彼らは自分たちが果たすべき責任として、一、中国が世界の潮流と無関係に孤立しているのを改め、中国を世界文化の流れのなかに引き入れること。二、中国の古い、人間性に反する習俗を攻撃し、改革の方法を論ずること。三、大衆が学術に関心を持たず、それが進歩を阻む原因となっているのを改めるため、学術に関する興味をかき立てること。四、青年学生に進んで科学的知識

を与え、古い学問の影響を清算すること。をあげている。当時の社員は、傅斯年・羅家倫・兪平伯・顧頡剛・康白清ら二十一名[2]で、傅斯年が編集主任に選ばれている。

以下三巻二号までの発行年月日はつぎのとおりである[3]。

一巻一号	一九一九年	一月	一日初版
	〃	四月	一日再版
一巻二号	〃	二月	一日初版
	〃	四月	一日再版
一巻三号	〃	三月	一日
一巻四号	〃	四月	一日
一巻五号	〃	五月	一日
二巻一号	〃	一〇月三〇日	
二巻二号	〃	一二月	一日
二巻三号	一九二〇年	四月	一日
二巻四号	〃	五月	一日
二巻五号	〃	六月	一日

三巻一号　一九二一年一〇月　一日
三巻二号　一九二二年　三月

この間一九一九年一二月の二巻二号発行までの一年間に、葉紹鈞・郭紹虞・孫伏園ら十六名が加わり、成平・黄建中・劉敵の三名が脱けている。その後は二巻三号に朱自清・馮友蘭・孫福熙、二巻四号に周作人の加入が報ぜられている以外、社員の異同は見られず、一九一九年中にメンバーの主要な部分が形成され、おそくとも一九二〇年前半までにメンバーはだいたい固定したといってよさそうである。

「社員」以外にも執筆者は多く、社内外の主要執筆者を部門別に見てみると、次のようになる。

評論：傅斯年・羅家倫・徐彦之・康白清・陳達材・江紹原・李大釗・周作人など。
詩　：葉紹鈞・羅家倫・兪平伯・傅斯年・康白清・胡適など。
小説：汪敬熙・葉紹鈞・楊振声・兪平伯・魯迅・欧陽予倩など。
翻訳：潘家洵・譚鳴謙・沈性仁・呉康など。

雑誌の発行部数は不明だが、売行きはよかったらしい。一号、二号が二ヶ月あるいは三ヶ月後に再版されているのを見てもそれはわかるが、〈新潮之回顧与前瞻〉によって、だいたい独立採算が可能な状態に至っていたことが知られる。

社員が増加し、雑誌が号を重ねるに従って組織にも変化が起っている。まず五・四運動が起ると社員のなかからそれに参加するものが数多く出た。一巻五号と二巻一号との発行が離れているのも、それに原因がある。また社員のなかに卒業して留学したり、就職したりするものがふえ、それに伴う人事の異動も起った。最初の編集主任であった傅斯年が英国に留学し、そのあとをうけて一九一九年一一月、羅家倫が編集主任に選ばれたことなど、その代表的なものである。だいたいこの一巻五号までを『新潮』の第一期とすることができる。そしてこのときの総会で新潮社の業務を拡大し、雑誌『新潮』のほか、「新潮叢書」を発行することと、そのような業務の拡大に伴って組織を雑誌社から学会に改める準備を始めることなどを決めている。第一期と第二期との間に質的な相違はあまりなく、編集者の交代にしても、傅斯年の留学に伴い、いわば編集副主任であった羅家倫があとをうけついだという、事務的な性格が強かった。雑誌の内容にも、格別の変化は起っていない。がこのころから社員の留学・就職により、力が分散する傾向が次第に強くなっていることは争えない。

さきの一九一九年一一月の総会における決定は、翌年八月一五日の総会で正式に決定され、新潮社は学会となり、ちょうど羅家倫がアメリカへ留学することになったこともあって、役員が再び改選され、周作人が編集主任に選ばれている。これ以後が第三期である。このときの改組は、かなり広い範囲にわたり、海外に留学する社員の増加に伴って、ヨーロッパ・アメリカに編集部を分設し、海外からの原稿を集めることなどが決められ、その限りで組織の形は整備され、大規模になったが、これは実際上は、当初のエネルギーの涸渇から来た組織いじりであったといってよいようである。『新潮』発刊当時すでに教授であり、一世代前の人物である周作人が加入し、編集主任となったのも、実際には、一種の看板としての性格が強かったようである。周作人は加入後も、三篇の翻訳以外、何も執筆せず、指導的な意味を持つ発言もしていない。一九二〇年八月、彼が編集主任となって以後二年間の雑誌の発行が、一九二一年一〇月と二二年三月の二回のみで、それも後者は「一九二〇年世界名著紹介特号」という、特殊な性格のものであることなどによっても、それは裏書きされる。結局雑誌『新潮』は、北京大学学生が、一般的な新文化の空気のなかで、学生自身の雑誌をという意図で発刊したものであり、その気持ちがこの雑誌を支える原動力であったのである。その限りで、これは当時の若い世代に、多くの影響を与えた。しかし、この原動力が、それ以上に出ないものであったということは、同時に思想的にもその内部にあとで述べるようなあいまいな部分を残し、雑多な要素が混在したまま留まることを意味した。彼らが次第に卒業して、就職あるいは留学するようになり、また五・四運動以後、ほかに多くの雑誌が発行されるようになり、文学研究会の発足も見るといった情勢のもとで、この性格は次第に明らかになって来る。一応「学会」の形に改組してみたものの、これが一つの団体として存在する意義はすでに失われていたのである。雑誌の実際のにない手であった傅斯年・羅家倫らが相次いで留学し、実務から離れるとともに、周作人を担いだにもかかわらず、もろくも廃刊するに至った根本の原因はここにあったといえよう。

（二）

前述の『新潮』の発足から終刊までの推移は、輝かしい北京大学の伝統に立って、学生たちがその自主的出版物によってインテリ階層に課せられた使命を果たそうとする熱意の挫折史であった。彼らの主張と挫折の原因を、中心メンバーの側からたどって明らかにしたい。

社会的行動に乗り出すときに、彼らによって選択される対象は無数にあった。しかし、それを選ぶ場合、彼らの側には、既成の方法しかなかった。彼らの尊敬する北京大学の教授を主要メンバーとした『新青年』の開拓した道にそって、その思考方法によって――特に胡適の思考法の影響が強い――対象を選ぶこと、これである。「養猴子的人、必須自己変成猴子」(4)

という思考方法に歴然と見られる借り着の思想である。彼らが眼前の中国から選びとった問題は、雑誌紹介で(5)『新青年』の事業を四項目(一、改造国民思想。二、討論女子問題。三、改造倫理観念。四、提唱文学革命)に分類整理しているが、それがそのまま彼らの問題であった。そしてそれを解決するための方法が、前述した〈新潮発刊旨趣書〉の四項目である。

『新潮』三期の運動のうち重要な地位を占めるのは、五・四運動のリーダーとしても大きな役割を果たした傅斯年と羅家倫である。特に第一期の編集主任であった傅斯年は、創刊号に〈人生問題発端〉と題して伝統的脱俗主義、あるいは功利主義的な人生観を排撃して、公衆の福利のために、個性の自由な発展を基礎として人生問題の解決をはかるというテーゼを提出した。新人の資格において発言したということは、新しい世代出現の宣言ではあったが、『新青年』の主張から一歩も出ていない。傅斯年、羅家倫はともに『新青年』の執筆者として迎えられていた(6)ので当然の帰結ではあるが、『新潮』の発刊も革新的機運の上に巧みに便乗したというほかなく、権力に対抗して戦う意図は全く見られない。

同じ号に〈去兵〉と題する彼の理想主義的な軍備撤廃論が掲載された。天下にさきがけて軍備を廃止すれば、兵力があるために起る悪循環から抜け出て、しかも国際的に中国の地位を高めることができるという主張である。事実軍閥の保持する兵力は、政治的には民衆の意志と民衆の権利を踏みにじる力であり、社会的には新国家建設のために優先すべき生産にならプラスしないばかりか、最も大きい浪費でしかなく、また教育面では、彼の最初に提唱した個性の解放に反し、人間を機械化することに終る。土匪の反乱という事件の原因は軍備であり、軍備撤廃によってすべての争いは訴訟によって解決されるようになる、と考えることは一応正当であるが、彼は排斥すべきものの発見はできても創り出すべきものを発見しえなかった。破壊から建設へ、浪費から生産へ向ける理論を創り出すべきときに、彼は李大釗、胡適の理論におぶさった。世界の将来は、労働主義、工本主義（industrialism）であるから即刻故郷へ帰って農民、労働者になれと呼びかけたのである。借り物の認識からどれだけの効果が期待しうるであろうか。うけとめる対象を把握しない点で彼の発言は無責任であり、建設的と見える理論も空転している。兵力の有無が野蛮（militarism）と文明（democracy）の分岐点であるというのは、第一次大戦後の情勢に対する敏感な反応であるが、農業と工業の現状についての認識を欠いているため、力をもちえないのである。

続いて彼は国語問題について発言した。一巻二号に〈怎様做白話文〉同三号に〈漢語改用拼音教学〉同五号に〈白話文学和心理転換〉と、連続して白話について意見を提出している。激動する中国にとって必要なものは、死語と化した文言でないことはいうまでもない。しかし緊急の要請は、白話の文学語——胡適のいう文学の国語——などではなく、俗語、はなしことば、ないしはそこに反映される民衆の行動であった。その点で〈文学改良芻議〉[7]によって白話を提唱した胡適の、ヨーロッパ近代文学の歴史がそうであるから中国もそうあるべきだという発想には、すでに梁啓超らの、白話を手段として啓蒙するという実践的課題から外れて、観念の現実化を阻む、矛盾を消滅させる心情——革命に対する文学、文明の優位——が存在していた。陳独秀の〈文学革命論〉[8]で補われてはじめて問題の所在をあきらかにされた国語運動の延長上に、傅斯年の主張を置いて考えねばならない。

まず彼の文学観についてみれば、文学の効果は霊妙不可思議で、早く、また深く人の心を動かし、いつまでも影響下におくことができるという。その上、影響をうければたちまち行動に現われるものであるという主張は、梁啓超の〈論小説与群治之関係〉[9]をほとんど一歩も出ていない。また文学はもともと才気、感興、感情、衝動によるもので、従って白話文の作り方といったものは提示することのできる性質のものでないことを認めた上で、白話文を作る場合の基本的な問題として、気のきいた話し方のできるよう絶えず配慮すること、ヨーロッパの文章の構成とそっくりの、換言すれば欧化した国語の文学を作ること、の二条件を提示した。この原則に立った理想的白話文として、論理的白話文、哲学的白話文、美術的白話文というあいまいな概念を案出した。ここに至って文言の打倒、旧体制の変革を目的とした白話運動は、手段を目的化する弱点を露呈した。しかし、当面必要なのは文体に内在する人間の変革である。そこで彼は白話の効用について反省した。文学作品には、必ず白話を用いる、運用は精巧な技術を必要とする、さらに公正な主義をもたねばならぬ。この三者の一を欠いても期待する白話ではない。もし「駢文主義的白話」「八股主義的白話」が出現し、白話の墓誌銘、白話の神道碑に役立つものになるとすれば、もはや白話の普及は喜劇でしかない。そこで思想、感情を含めた心理作用を改革せねばならぬとすれば、徹底した妥協の排撃につとめねばならぬと結論した。妥協の産物は彼らの眼前に厳然と存在している。政治的には軍閥割拠の怪現状、学術上は「古今中外党」である。では心理作用の改革とは何か。それは周作人の「人的文学[10]」の主張に則った「人的」の思想を広めることであり、そのためにはすぐれた文学を創り出して大衆に人生の自覚を促すことである。これらの提言は、死語と化しても根強い勢力をもった文言と戦う上に、なお有効ではあったが、上述のごとく、彼の反抗は行動を組織するだけの論理＝思想に欠けている。そのため旧体制に対する反対の感情はみなぎっているが、結局は真の敵を見失い改革者とはなりえなかった。かえって問題の核心をそっくり脱落させてしまう失敗を繰り返した。彼の思考は対象に及ばず、空転して自己目的化され

てしまったからである。この点を、羅家倫宛の書簡で魯迅は鋭く指摘している。(11)

新潮に毎号一、二の科学論文が掲載されるのはよいが、多すぎない方がよい。それより必要なのは、とにかく中国の根強い悪習に幾針か刺してやることである。たとえば、天文の話から一転して陰暦を罵るとか、生理の話が医者の類を攻撃するところに落ち着くように。現在の老先生は「地球は円い」とか「元素は七十七種」という説を聞いて反対することはない。むしろこういった文章で新潮が満たされるのを、ひそかに喜んでいるかもしれない。いまは議論から科学へ、科学から議論へ進むべきときである。……

さらに、創作を重視するよう忠告を与えているが、上述の傅斯年の態度からみて非常に適切なものであった。これに対して傅斯年は、「先生は新しい創作の出現を望んでおられるが、それこそ新潮創設の目的である」と答えた。内容を伴わぬ空しい回答である。その他数篇の論文があるが、特に取り上げるまでもない。

一方、羅家倫も、発想法において傅斯年と非常に近い。個条書きにして項目を羅列する方法は傅斯年と全く変りなく、そのため犯す失敗も共通している。しかし『新青年』において

〈娜拉〉の翻訳をしているだけ、文学者としての資質は傅斯年よりすぐれている。

創刊号の〈今日中国之小説界〉(評壇)で現存する旧小説を三種に分類している。

一、孽海花の亜流である黒幕小説

二、燕山外史の末流である濫調四六派

三、聊斎志異、閲微草堂筆記の系統に属する筆記派

これらは、いずれも傅斯年の提唱した「個性の解放」の原則に反するものであり、『新潮』創刊の精神に反する。そこで彼は「読者の戒とする」というのを口実に扇情的小説を作ることの禁止を提案し、社会改良と「人類の天性」を描くリアリズム作品を目ざし、そのため社会学、心理学、人生哲学の研究をし、各地の実情を視察するとともに大胆にヨーロッパ文学の傑作を摂取することを主張した。こうして「什麼是文学」の問にみずから答えることになり、一巻二号で中国から阮芸台、章太炎の文学に対する定義をとりあげ、ヨーロッパからはWorcester以下十五人の定義をあげて検討し、さらに「文学は人生の表現と批評である」という最近の学説を援用し、最もよい思想によって書かれた作品は、想像、感情、構成、芸術的表現にすぐれ、人類普遍の心理をわかりやすくおもしろく表現できると述べて、傅斯年が文体改良に終始した缺点を内容の面から補おうとした。ここには文学の内容に立ち入ることに

よって、革新運動の根元にさかのぼろうとする行動をともなった思考方法の萌芽が見られるが、「人類の天性」といい、リアリズムといっても、現実にそれを阻害する敵との対決を主題としない閉鎖した場においては、結局全体的に拡大されて情緒化され、それ自体完結した運動として枯死する以外にない。そのとき、たまたま『東方雑誌』に掲載された胡先驌の中国文学改良論は、沈滞を破るチャンスであった。一巻五号に胡の論を引用しながら駁論を書いている。胡の論点は、一、白話文は変りやすいので後世不便である。二、白話文を作っては古典の保存ができなくなる。三、すべて「脱胎」はあるが「創造」などは存在しない。白話は「引車売漿」の言葉で、通俗教育の方便ならばよいが、大家はやはり韓柳らの八大家の文か桐城派の文を見習うべきである。詩は魄力偉大、心境冲淡、奇気恣横、筆力雄沈、誰もが模倣できないもの、後世比肩を望まれるもの、というのである。羅家倫はもちろん烈しく論難した。文学の最も重要な本質と効用は、人生を表現し批評を加え、最良の思想を広めることである。ヨーロッパの傑作はすべて白話である。現代を語るのに、千年前の死人の口を借りる必要があるか。しかし、これは非難と呼ぶには本来の目的が忘れられており、反論というには、説得力が乏しい。相手と同じ次元で発想するところに根本的な缺陥があったのである。

このとき五・四運動が起って発行は五ヶ月中断し、『新潮』第二期の活動にはいる。

二巻一号の羅家倫の〈婦人解放〉は、またしてもヨーロッパ各国の婦人解放史の羅列的紹介に始まり、解放論の根拠として、一、倫理上、女性の人格を認めること。二、心理上、男女の知能に優劣のないこと。三、生物上、男女の肉体的条件に優劣のないこと。（一例として女性に色盲の少ないことをあげている）四、社会上、個人独立の原則による。五、近代政治上、政治的能力に男女差のないこと。（国際連盟の女秘書をもって例証する）六、近代経済上、産業革命以後、女性も独立した経済生活を営みうる。（未婚の職業婦人の存在を論拠とする）をあげ、中国でも、一、迷信的貞操観念の打破。二、婦人の従事しうる職業の公開を政府及び社会に要求すること。三、各職種の女性への開放。を提案し、保育施設の設置、自由結婚を原則とした両性道徳の改造をよびかけた。これらは正当すぎるほど正当な論である。しかし、一巻二号の〈女子人格問題〉における葉紹鈞の提案――孔子の「女子与小人為難養」以来、学校における「良妻賢母」教育、今日流行の「文明結婚」（男は「吾願保護我妻」、女は「吾願敬事我夫」の誓いをする）に至るまで、男性の心理には女性蔑視がひそんでいる。他人の人格を尊重しないことは自らの人格を傷つけることを知っているならば、女性を誘惑したり、能力が劣るが故に軽蔑したりする思想をすてるべきである――よりも現実性に乏しい。羅家倫の提案と中国の現状との距離は、どのようにして埋めるのか。同じ号に掲載された魯迅の〈明天〉が、中国の女性の倫理的、心理的、社会的、政治的、経済的現実ではないのか。女性問題に限っても、このような幼稚な認識しか持てぬというのは、ヨーロッパの学術を受け売りする自分の学問に対する過信と、指導者としての過大な自負によって盲目になっていたためである。はたして民衆は学生の掲げる「愛国」「売国」の単純なスローガンだけで、不利なストライキに同調したのであろうか。五・四運動の評価においても、彼らの思考方法は質的な変化を起こさなかったのである。

「五・四」一周年の二巻四号に〈一年来我們学生運動成功失敗和将来応取的方針〉と題する羅家倫の総結が発表された。

成功した点は、精神面では、一、学生に実力を自覚させた。二、政治上の既成観念（偶像不可侵）を打破した。三、民衆の民族自決の意志を表示した。実際面では、一、思想改造を促進し、全国に白話誌を氾濫させた。二、学生、労働者の組織化に成功した。三、学生や民衆団体の実力を対外的に認識させた。（日本の大使、英米仏三国銀行団も政府と別に、これら団体と交渉する必要を生じた。）結論として、静の中国を動に変えた点が五・四運動の最大の功績である。

失敗した点は、一、学生内部の弱点の露呈。学生は万能の錯覚をもち、時間のロスによる学術の停滞、事件に対する反応のしかたがマンネリズムに陥った（打電、宣言、代表派遣、請願、デモ）。二、社会の態度の変化。学生に対する過大な信頼から来る失望。労働者、商人を必要以上の闘争で疲れさせ、学生が浮き上がって同情を失った。

将来の方針。社会運動としては、宣伝に専心し、民衆の身辺の問題から取り上げて信頼を回復する。そのためには、衣食住や言語を労働者に近づける。文化運動としては、デモクラシーの宣伝のための印刷物をふやし、ヨーロッパの大部の著作の体系的翻訳紹介をする。直感に頼ることが多く研究面が弱いので、学者の養成を緊急の課題とする。

この自己批判は、高尚な理想を実現するために、身近なところにひそむ充実したエネルギーを発見したかに見える。このとき、当然価値の顚倒が起り現実が変革されるはずであった。しかし、この貴重な瞬間に、彼らの思考方法は旧来の形式主義を脱しえなかったために、将来に向ってこのような貧弱な方針しか生み出すことができなかった。形式主義的思考方法から導かれた結論は、その限界をこえることを不可能にしているのである。それは、彼らの民衆観に最も典型的に示されている。民衆は指導されて行動を始めるもの〔傍点：もの〕ではなく、従って与えられることによって行動することはできない。彼らに内在し抑圧されている行動の原理を引きだせば、独自の論理をもって行動を始めるのである。五・四運動がこれら学生の手から独立して独自の運動法則を持つに至って、みずからよび出した巨大な怪物が手に負えなくなり、思想革命を標榜した『新潮』の同人たちも、『新青年』における北京大学教授とパラレルな運命をたどった。「中国には世界に位置を占めうる学問がない。基本文化を持たぬ民族は、将来の世界に存在しえない」[12]といって学問の世界に逃避を始めたとき、彼らが攻撃の矛先を向けていた旧式改良主義者、ないしは保守反動派と異質のものではなくなっていた。

二巻五号の羅家倫の〈近代中国文学思想的変遷〉は、清末からの中国近代文学を、開闢時代、華夷文学、兵工時代、策士文学、政法路鉱時代、邏輯文学、文化運動時代、国語文学の八期にわけ、力を注いだ国語文学の精神も胡適の〈建設的文学革命論〉[13]、周作人〈人的文学〉の両者を推奨するにとどまっている。ただ、ここではっきり提起されたのは、実験主義（pragmatism）の現代思想界での優位を認め「此時此地」を認識せよということである。従って結論として出された「謀環境的適応、合時代的進化」は、指導性放棄の表明である。

こうして五・四運動をはさんで第一期から第二期へと移る間に、現象を見る目は鋭さを加え、分析はますます緻密になり独善的傾向は少なくなったけれども、中国の独立が危機に追いつめられていく国際情勢のなかで、革新の真の目的を主体的に把握できる者だけが真に新しい世代となる決定的な時期に、一人一人中国を離れて留学し、祖国の問題に関心を持つ知的傍観者と変っていった。

彼らを援助した陳独秀、胡適、李大釗のうち、李大釗と胡適はそれぞれ論文を寄せている。李大釗のは、〈聯治主義与世界組織〉(14)〈物質変動与道徳変動〉(15)の二篇であるが、後者において、「愛他」「犠牲」「忠信」「正直」「公平」などの道徳性を、ダーウィンの進化論を援用しながら生物に本来あるものといい、それらが各時代各国において異なる理由をマルクスの唯物史観によって説明し、下部構造と上部構造の不可分の対応関係を歴史の発展に即して論じている。結論として新道徳の明確な概念は得られないが、新道徳は新社会に必然の要求から生じ、旧道徳の強制——たとえば、賢聖の経訓格言は万世不変の法則というような——は旧社会関係の保存を意図するものであるというところに焦点をしぼっている。

胡適は〈非個人主義的新生活〉(16)において、デューイの講演(17)を基礎に、個人主義を一、仮的個人主義、二、真的個人主義、三、独善的個人主義に分け、(一)、(三)を排撃して、(二)に賛意を表している。ここで正面から押し出しているのは実験主義で、綿密な調査と大胆な仮説をよびかけ、また「問題と主義」論争(18)のあとをうけて、社会は複雑な成分から構成されているので零細なことから改造せよ——一点一滴的改造——をすすめている。たとえば、村医がどれだけ人を殺しているか、選挙の買収はいくらであったか、女工が貧困のため売淫しているのを知っているかなど十二条をあげて青年は改造に向うべきであると訴えている。

当時のインテリは多かれ少なかれ、ヨーロッパ万能思想の影響下にあったといえるが、『新潮』同人の発想の型は、胡適と同一であったことが、これを見ても明らかである。

（三）

『新潮』に掲載された小説は、短いもので一ページ半から、最も長いもので十二ページまで、全部で二十六篇である。そのうち、汪敬煕と葉紹鈞が各五篇、楊振声が四篇、兪平伯が三篇、その他は魯迅、欧陽予倩、羅家倫など九人が各一篇を書いている。

茅盾はこの時期について、「雑誌『新潮』の発刊以来、小説創作の『嘗試者』は次第にふえたが、それも汪敬煕ら三、四名にすぎず、成功といえる作品もまだなかった。しかし『創作』の空気は次第に濃くなった」[19]といっている。

一方、魯迅は、「やや多かったのはむしろ『新潮』誌上であった。一九一九年一月の創刊から、翌年主な幹部たちが留学し、消滅するまでの二年間に、小説作家としては汪敬煕、羅家倫、楊振声、兪平伯、欧陽予倩及び葉紹鈞がいた。もちろん、技術は幼稚であり、しばしば旧小説の筆法・情緒を残していた。また平面的・直接的な叙述で、一切を残らず吐露した。あるいは話がうますぎて、一瞬間、一個人に、一切の耐えがたい不幸を集中させることもあった。しかし共同して前進する傾向もあった。それは当時の作者たちに、小説は脱俗の文学であると考え、芸術のため以外には、一切何もしないなどというものが一人としていなかったことである。彼らは一篇作るごとに、すべて『ある目的があって』発したのであり、社会を改革する道具として使用したのであった。——終極の目的は設定していなかったけれども。[20]」といい、また、一巻五号に寄せた通信の中で、「新潮中の雪夜・這也是一个人・是愛情還是苦痛?（はじめに少し缺点がある）はみなよい。上海の小説家が夢にも考えられないものです。このようにやって行けば、創作にはたいへん希望があります。[21]」といっている。

茅盾が作品としての完結性、技術的な高さに重点を置いているのに対し、魯迅が作家の意図・文学に対する態度に重点を置いて『新潮』を支持していることによるニュアンスのちがいであろう。

しかし、魯迅と同じ角度から見るにしても、やはり『新潮』の創作が、まだ全体として創生期の混沌の中にあり、従ってその中には、雑多な要素が未分化のまま混在していたことを見のがすことはできない。

『新潮』の小説のなかで、まず目立つのは、結婚問題に関するものである。これはインテリの結婚を題材にしているものも〈汪敬熙〈誰使為之〉一巻一号、羅家倫〈是愛情還是苦痛?〉一巻三号。など〉、民衆の結婚を題材にしているものも〈葉紹鈞〈這也是一个人!〉一巻三号、楊振声〈貞女〉二巻五号など〉、いずれも典型的な「問題小説」であった。多くは若い青年が、家の圧力に負けて、古い型の結婚を強いられることによって起る苦しみ、古い家族制度のもとにおける嫁のみじめな運命を描いたものであり、だいたいにおいて底は浅い。ただこれらのなかで、羅家倫の〈是愛情還是苦痛?〉の主人公が、古い型の結婚をした悩みを述べ、ではなぜ離婚しないのかという問に対して、現実の中国社会では、離婚した女性を誰が妻にもらうか、離婚は彼女を死地に追いやるものだ、それはできない、といっており、魯迅の最初の結婚のような問題が、当時のインテリに普遍的に存在した悩みであったことを示すものとして注目される。また葉紹鈞の〈這也是一个人!〉で、余計な費用を節約するために十五歳になるとすぐ嫁にやられ、婚家の虐待に耐えかねて逃げ出し奉公するが、やがて見つけられて連れ戻され、結局売られてしまう女性を、激情を抑えた落ち着いた筆で描き出しているのが目につく。

これと並んで、あるいはそれ以上に多いのが、下層社会に生きる民衆の生活を題材としたものである。この面にとくに力を注いでいるのは楊振声で、彼の四篇中三篇がこの種のものである。『中国新文学大系』二集にも収められた〈漁家〉は、天候が悪くて漁にも出られず、網も破れてしまった漁夫の一家が、米を借りに行っても貸してもらえず、飢えに苦しんでいる最中に、税金の督促に水上警察の役人が来る。おりから壁も雨もりでくずれて赤ん坊が下敷になり、妻は昏倒する。十歳にもならない娘の泣き声をあとに、漁夫は引き立てられて行く、といったどん底の悲惨を描いている。これなど魯迅がいう「話がうますぎて、一瞬間、一個人に、一切の耐えがたい不幸を集中させ」た例である。そのような技術的欠陥にもまして、この種の小説にとっておおきな欠陥となっているのは、そのような不幸を、単に民衆の生活に外在するもの、外からふりかかって来るものとしてとらえられている考え方であろう。二巻一号に掲載された魯迅の〈明天〉が、漢方医によって子供を奪われる寡婦を描きながら、悪を漢方医の側だけにとらえるのでなく、そのようなものにすがる寡婦の愚かさ、彼女をそのような愚かさにおとしこんでいるのっぴきならない現実の重みを描き出しているのとくらべれば、この種の作品の弱点ははっきりする。つまりこの種の作品は、多くの苦しみを描いてはいても、その根源については、軍隊とか、税金とかの現象にしか目がとどいていない。これは作者たちの出身階級による制約・年齢的な若さなどから、作中人物である下層の民衆に対する作者たちの血のつながりに、切実さが不足していることによろうが、このような発想はそのなかに必然的にもろさを含むことになる。つまり、この種の作品は、作者自身と、題材との間に、必ずしも必然的なつながりがなくてもある種の「気分」「雰囲気」だけによって書くことができるものであるという点に、根本的な弱点を有していた。特にこれらの作品が、文学革命という啓蒙的空気のなかで、若い青年作家によって書かれたことを考えれば、これらの作品を書いた作家たちが、五・四運動後の退潮期にいろいろの動揺や挫折・停滞を経験しなければならなかったのは当然ですらあったといえるのである。

この欠陥を補う要素は、当時すでに存在していた。〈明天〉は当時としてはややとび離れた存在であったとしなければならないにしても、そのような可能性を持った作品は、いわゆる「問題小説」以外の作品のなかにも存在していた。葉紹鈞の〈伊和他〉(二巻五号)は、ある母と子の生活の一コマを取り上げ、その愛情を柔らかい筆で描いたものである。また楊振声の〈磨麺的老王〉(三巻一号)は、人にやとわれて粉ひきをしている老王が、孤独な生活のなかで、温かさに満ちた幸福な家庭生活を夢みることを描いている。これらの作品は、一見したところ弱々しく、また実際かなりの甘さも含んでいるが、きめの細かいリアリズムに裏づけられた、作中人物に対する愛情に貫かれている点で、ここにおける作者は、さきの「問題小説」

におけるよりも、はるかに切実な結びつきを作中人物との間に持っているのである。この結びつきは、たしかにまだ弱く、細い。しかし、この時期における青年の最大の弱点が、現実を忘れがちな観念性にあったことを考えれば、この傾向はやはり貴重なものであったといえるのではあるまいか。

だが、このような傾向に内在する危険も一方ではまた無視できない。その例が汪敬熙である。彼の最初の作で、魯迅がほめている〈雪夜〉は、一巻一号にのっている。貧乏の底にいながら、阿片にひたっている父親を抱えて、母親と息子が働いて生活を支えているが、父は平気で息子に当り散らす。ある雪の夜、父親は疲れて風邪も引いている息子に、炕《カン》の燃料を買いに行かせる。帰りのおそいのを心配した妹が戸口を出てみると、そこに息子が倒れている。作者はこの家のある夜の状況を題材として、どうしようもないみじめさを描き出している。ここでは、この家のみじめさの原因は、単に外から来るのでもなく、また単に父親の責任から来るのでもない。ここから読者が感ずるのは、貧困によってゆがめられた人間性と、それによって作り出される悲劇に対する、作者の強い関心と同情である。これは単なる「問題小説」の域を出ているばかりでなく、〈伊和他〉などよりも、いっそう鋭い問題を含んでいる点で、その時期のもののなかでは、もっとも〈明天〉に近い作品であるといってよい。しかし、同じ作家の〈死与生〉（二巻二号）では、単に人生の一つの側面を取り出して見せるだけで、〈雪夜〉において見られた、対象に対する強い関心が失われてしまい、悪しき意味での客観主義に堕している。こうした彼の態度がどこから来たかについては、さらに周到な検討が必要であろうが、この傾向がやがて「私が、これらの小説を書いたころは、私が見たいろいろな人生経験を忠実に描写することに努めていた。……こういう客観的な態度を維持していたため、私のこれらの短編小説には、人生批評の意味などありえない[22]」と書き、魯迅に「彼はついに以前の奮闘を自覚せず、あるいは忘れてしまったらしい[23]」と皮肉られるに至った変化につながっていたことは確かであろう。

このほか、この雑誌には、作者の人生観を、かなり生のまま創作の形式に託して表現したもの」（兪平伯〈花匠〉一巻四号、など）があるが、これも広い意味で「問題小説」のなかに含まれるものであろう。

結局、雑誌『新潮』の小説は、この雑誌が評論においてもそうであったように、また広く「文学革命」が全体としてそうであったように、のちに挫折したり、反動化したりするものまで、さまざまな要素を含みながら、広く「人生のため」という共通の傾向を持っていた点で、「文学研究会」に直接つながる線の上にあった。そしてこの「人生のため」というあいまいな言葉に含まれていたさまざまな側面、雑誌『新潮』に含まれていた、複雑な要素は、これに続く五・四退潮期以後の時期に、次第に顕在化し、互いに闘争しつつ、中国近代文学の歴史を形成して行くことになるのである。

註

（1）傅斯年〈新潮之回顧与前瞻〉第二巻一号所載。以下『新潮』発行の経緯に関する叙述には、これによる部分が多い。

（2）創刊号の目次裏に掲載された名簿に含まれているのは、二十五名であるが、このうち陳達材、葉紹鈞、葉麐、劉秉麟の四名は、三月一日発行の一巻三号に新入社員として紹介されており、また二巻二号の〈新潮社紀事〉（徐彦之）にも「本社剛一成立、社員僅只二十一人」とある。東京大学中国文学研究室所蔵の『新潮』創刊号は、四月一日発行の再版本であり、右の名簿はあるいは再版の際に作られたものではないかと思われるが、初版本にあたってみることができなかったので詳細は不明である。

（3）ここにあげた日付は奥付の日付であるが、なかにはその号に掲載されている論文の末尾につけられている執筆の日付のほうがあとのものもあるので、必ずしも信用しがたい。その間隔がだいたいどの程度のものであったかを示すものとして、一応ここに掲げた。なお、目次に掲載されている発行日付では、一巻三号は二月一日、二巻三号は二月、二巻五号は九月、三巻一号は九月となっている。

（4）羅家倫〈一年来我們学生運動底成功失敗和将来応取的方針〉（『新潮』二巻四号）

（5）『新潮』一巻二号

（6）傅斯年は〈文学革命申議〉（四巻一号）、〈文言合一草議〉（四巻二号）〈中国学術思想界之基本誤謬〉（四巻四号）〈戯劇改良各面観〉〈再論戯劇改良〉（五巻四号）、羅家倫は〈青年学生〉（四巻一号）〈娜拉〉一・二幕（四巻六号）を寄稿している。

（7）『新青年』二巻五号。

（8）同、二巻六号。

（9）『新小説』創刊号。

（10）『新青年』五巻六号。

（11）『新潮』一巻五号。

（12）羅家倫〈一年来我們学生運動成功失敗和将来応取的方針〉。

（13）『新青年』四巻四号。

（14）『新潮』一巻二号。

（15）同、二巻二号。

（16）同、二巻三号。

（17）一九三〇年一月二日、天津青年会における〈真的仮的個人主義〉という講演。

（18）一九一九年七月、胡適が〈多研究些問題、少議些主義〉を『毎週評論』に発表して、一二月まで問題か主義かをめぐって李大釗との間で論争が続けられた。

（19）『中国新文学大系』小説一集導言。

（20）『中国新文学大系』小説二集導言。

（21）〈雪夜〉汪敬熙作。一巻一号。

〈這也是一个人！〉葉紹鈞作、一巻三号。

〈是愛情還是苦痛？〉羅家倫作、一巻三号。

（22）〈雪夜〉自序、汪敬熙作。魯迅〈中国新文学大系小説二集導言〉の引用による。

（23）『中国新文学大系』小説二集導言。

（小野忍・丸山昇と共同執筆）

二　学者の政治活動――胡適の場合――

辛亥革命以後の中国社会は、たえず砲煙に包まれていた。政策らしい政策をもたないで武力によって政権を奪いあう軍閥の混戦は、「士大夫」としての使命感をもつ学者たちをいわゆる「象牙の塔」に閉じこめておくことを不可能とした。ことに北京大学を中心に形成された学界は、陳独秀の主宰する『新青年』が新文化運動の本拠となったことからもわかるように、政治に深い関心をもっていた。新しい学問思想そのものが、政治を変革させる武器の役割をもっていたのである。

「文学革命」はその最初の運動であったが、文体の改革を提唱した胡適と、援護して旧文学の内容の変革を主題にした陳独秀の間には、微妙な差がある。知識階級の使命感を学問を通して実践の場で結実させるためには、政治を積極的に学問の領域にとりこまなければならないが、「四・一二」クーデター以後国民党と共産党の烈しい対立抗争がはじまり、主観的な中立をほとんど無意味にさせ、すべての学者を二つの陣営にわかれさせた。形式を主題にする胡適と、内容を主題にする陳独秀も、それぞれの道を進んで敵対する関係にまで至った。このように、この時期の学者の運動は、現実の要請で始まったはずの論争がアカデミズムの討論に吸収されたもの、学問的良心が現実への関心をささえ、現実と相互に影響しあって自己変革を開始するもの、現実的発想をもたないため現実と交叉することのない政治評論をするものなどにわけられる。陶行知、梁漱溟は現実にふみこんだ例であり、胡適は「不偏不党」を標榜しながら実は自分をのせた場とともに流されて、時の権力者と妥協をくりかえした例である。

胡適は周知のように一九一〇年アメリカに留学し、最後はコロンビア大学のデューイに傾倒してプラグマチストとなって帰国した。胡適の理想的未来像は、全国各地に大学や図書館があり、自動車で通勤する近代的な社会である。それを中国に実現するために、あらゆる方面に自由に口出しをしてプラグマチズムの実験効果をためそうとした。「科学的研究の方法は、方法論に没頭する哲学者の発明したものではなくて、実験室における科学者の発明したものである」(1)と実験を強調する胡適は、哲学用語によって物を考えるのではない自由な発想を保持していたが、同時に目的を厳密に規定して、一貫して一つの問題の解決にむかう態度を持続することはできなかった。対象となる問題は、無数に存在する。「哲学史が職業で、文学は娯楽である」と自称するように、かれの学者としての業績は思想史研究と文学研究にわけられるが、職業の側は現実の情勢と対応する。つまり五四運動の時期に『中国哲学史大綱』、北伐革命の時期に『戴東原の哲学』、国共分裂から抗日戦争の時期にかけて『中国中古哲学史』『説儒』があって、この中での孔子の評価の変遷が、胡適の政治的立場の変遷と正確に対応しているのである。[2] 胡適の立場は「中道のやや左派」であるが、何を中道左派と見るかによって政治との交渉の仕方が変る。そして皮肉なことに、娯楽と称する小説研究に『水滸伝考証』や『紅楼夢考証』など多くの業績があり、プラグマチストとしての面目を発揮している。

中国の後進性を克服するためには、学者も政治に密着した対策をたてる必要がある。一九一七年アメリカから帰国した胡適は、上海の出版界、教育界の沈滞した情景を見て、二十年間政治に口を入れないで思想文芸の革新に没頭する決意をしたが、一九一九年六月陳独秀が逮捕されて『毎週評論』の編集をまかされて、やむをえず筆をとって同誌にのせたのが〈問題の研究を多く、主義を語ることを少なくせよ〉であった。それは「国内の『新』分子は口を閉じて具体的な政治問題を語らず、無政府主義とマルクス主義とかを盛んに語っている。見すごせなくなり、がまんできなくなって——というのは、私は実際主義の信徒であるから——そこで発憤して政治を語ろうと思った[3]」からである。これが一九一九年の七月から一二月にかけて李大釗との間で行なわれた、いわゆる「問題と主義」論争の発端であるが、ここに胡適の政治改革の方法がはっきり現われている。李大釗の〈ボルシェビズムの勝利〉など主義を論じた論文に対して、ひとまとめにして次の点で反対した。人を喜ばせる主義を空論するのは容易なことである。外国から輸入した主義は使い道がないだけでなく、紙上で論じた主義は無恥な政治家に利用されて結局危害を受ける。つまり主義と名のつくものは、その本質を検討する前に拒否しなければならない。なぜならば、それは空論であって論証できないからである。だが「主義」に反対するということは、「実験主義の信徒」と自称する胡適にとって矛盾である。そこで「実験主義」を他の一切の「主義」と同列におけない理由を明らかにする必要がある。

「実験主義はもちろん一種の主義である。しかし実験主義は一つの方法、問題を研究する方法にすぎない。その方法は注意深く事実を集めて大胆に仮説を提出し、注意深く実証するのである。一切の主義、一切の学説はすべて参考にする材料、暗示をうる材料にすぎないので、仮説が証明されるまでは決して天経地義の信条ではない」(4)。結果がすぐ確かめられないものは、とくに根本的解決をめざすものは、具体的事実を改革し問題を解決するのではない点で、低い価値しか認められないというわけである。かれにとっては、半封建半殖民地というのが中国の現実ではなくて、軍閥の混戦とか婦人の貞操問題が孤立して存在するのが現実の状況なのである。

自発的に政治的発言をしたのは、「好人政府」の設立を提唱した一九二二年の「われわれの政治主張」である。それには蔡元培をはじめ陶行知、梁漱溟、李大釗、高一涵ら十五名が胡適とともに名を連ねている。要旨は、憲法を制定して財政等を公開せよということで、そのためには南北対立を消滅するための軍備撤廃、中央官僚機構の縮小、選挙制度の改革を具体的提案内容とするものである。それは現実に対立する軍閥を牽制する効果をもつものであるが、同時に桂林から北伐を開始しようとした孫文をも牽制し、現状維持のまま改革を進めようとするもので、実現の可能性は絶無といってよい空想的なものである。

現状維持を具体的に理論づけようとしたのが、続いて出された「連省自治」[5]の政策である。それは、軍閥割拠の既得権を認めることによって形式的にアメリカ流の連邦国家を作り、統一国家の体裁を整えることを目的としている。文物制度から精神に至るまで、あらゆる問題を近代ヨーロッパを基準にして考え、現実の状況を意識的に遮断することによって、胡適の学問の客観性は保たれる。近代ヨーロッパの眼で中国を見るということは、実験室における実験と同様、見る立場に自分を位置づけて問題を操作するだけであって、自分を問題の渦中において、運動の中で主体性を確立することを排除する。アメリカ社会というできあいの解答を用意して、それにあわない面だけを中国からとり出し、内戦という矛盾を矛盾としてとらえないで文化の移植を考えるところに、かれの思惟方法の根本的な欠陥が露呈されている。具体的な問題を「一点一滴的に改良する」という信念は、近代国家の制度機構を整えるためには、危機を克服しようとする精神を犠牲にすることさえ恐れないものなので、従ってこの行為は挫折することがない。人間の精神が変らなければ、状況は変るはずがない。胡適には社会構造の変革は不必要である。そればかりでなく、社会主義は失敗して混乱をひき起こすはずのものである。同じころ書かれた〈王莽〉は、それを暗示する。王莽の政策を「土地国有」「財産の平等化」「奴隷の廃止」の点でとらえて「国家社会主義」と規定し、時代の制約による条件を無視して「一千九百年前の一人の社会主義者」と断定している。この「大胆な仮説」を打ちたてることによって、「二千年来、かれのために正当な評価を与える人がない」ことを嘆きながら「社会主義者」の称号を与えた目的は、王莽を現在の社会主義者と等質にして、その失敗を予言し、左派思想に反対の立場を表明するためである。なぜならば、(6)「今日でも存在価値があるかどうか」を評価の基礎におくのが、かれの「批判的な」学問態度だからである。

社会主義に反対し、現状を固定して安定をはかろうと希望するのは、外国資本を導入して、中国人より信頼のできる外国人の手によって近代化を進めようという意図が含まれているからである。そこで、外国人が安心して投資できる条件を整えることが何よりも優先する。「好人政府」実現のための第一歩としての「連省自治」は、まさにそのための「大胆な仮説」であった。中国共産党が第二回全国大会宣言（一九二二年五月）で、資産階級との民主主義連合戦線と、国際帝国主義の侵略に反抗するという二つの方針を出すと、胡適はこの二つの関係をきりはなして後者に反対した。宣言では奉直戦争の張作霖には日本の援助があり、呉佩孚にはアメリカ・イギリスがバックとなっていることを指摘しているが、帝国主義を悪意の侵略としか理解できないような胡適には、ことの本質が認識できるはずがない。「外国の投資家が中国の平和と統一を希望するのは、中国人が平和と統一を希望するよりまさっている」そして「民主主義革命が成功して政治が軌道にのれば、国際帝国主義の侵略は大部分自然消滅する」ので「政治の改革は帝国侵略主義に抵抗するよりも先決問題である」(7)と主張して目的と手段をとり違える誤りを犯している。ただし中国を近代国家の体裁に整えさえすればよい、そのためには外国資本という切り札を使おうという胡適の目的には合致するといえよう。外国の投資家と中国人民の「平和と統一」の希望の質の相違を無視すれば、かれの立論もいちおう妥当であるといえる。しかし、外国人が安心して投資できる「平和と統一」は、中国人民にとっては魯迅のいう「しばらく安心して奴隷になれる時代」[8]であって、決して民主主義革命によって作られた「平和と統一」ではない。

目的――この場合は中国の民主主義革命――が正確に把握されていないと、手段を目的化する危険が常に存在する。胡適の「文学革命」の提唱は、文学自体を「革命」する――文体改革を主題としたように、かれの実験主義は、変革の対象をたえず縮小しながら目的と手段を混同させている。その極端な例が、一九三〇年四月『新月月刊』に発表された〈我々はどの道を進むか〉である。

すでに見てきたように、胡適の思惟方法は、伝統にひたすら順応する中国旧社会倫理とパラレルに、伝統に反対してはいるが対立物に対して抵抗感なしに自己を順応させることであった。闘争を排斥し平和を希望するのも、柔軟な戦術としてとりあげられたのではなく、みかけの平和の奪われることを恐れたからである。そこで目的と手段を逆転させ、因果関係を倒置して闘争の論理を排除しようとする。

「われわれは道をさがす前に、まずどこへ行こうとするのかきめなければならない。……現在この目的地について三つの説がある。

（1）中国国民党の総理孫中山は、国民革命の「目的は中国の自由平等を求めることである」という。

（2）中国青年党（国家主義者）は、国家主義の運動は「国家が独立し人民が自由になり、国際間で地位を占めることのできる種々の運動である」という。

（3）中国共産党は現在分裂していて理論は一致しないが、かれら内部のいわゆるスターリン—トロツキーの争を除外しても、共同の目的が一つあるといえる。それは「ソ連のプロレタリア専制を強固にし、中国のプロレタリア革命を擁護することである」。

われわれの現在の任務は、この三つの目的地を討論することではない。……われわれの任務は、知識をフルに利用して客観的に中国の今日の実際の需要を観察し、目標を決定することである。第一の問題は、排除しようとするのは何か。これが消極的な目標。第二の問題は、建設しようとするのは何か。これが積極的な目標である。排除し打倒しようとするものは何か。われわれの答案はこうである。

第一の大敵は貧乏である。

第二の大敵は疾病である。

第三の大敵は無知である。

第四の大敵は汚職である。

第五の大敵は騒乱である。

この五大敵の中には資本主義は含まれない。なぜならば、われわれには資本主義を語る資格がまだないからである。資産階級も含まれない。なぜならば、せいぜい小金持ちがいるだけで資産階級は存在しないからである。封建勢力も含まれない。なぜならば、封建制度は二千年前にすでに崩壊しているからである。帝国主義も含まれない。なぜならば、帝国主義は、かの五鬼不入の国を侵略することはできないからである。帝国主義は、なぜアメリカや日本を侵略することができないか。なぜわれわれの国だけをひたすら愛するのか。われわれはこの五大悪魔に破壊され、抵抗力が無くなったからではなかろうか。そこで帝国主義に抵抗する立場から考えてみても、まずこの五大敵を排除しなければならない。」


「貧乏や汚職や暴力を追放する」というのは、最も耳目に訴えやすいスローガンである。しかし、それは結果であって原因ではない。ただ原因と結果が密着しているので、一方だけ切り離して処理できるものでもない。最大の仇敵としてあげている「騒乱」について、胡適の見解を見ると、南方地域に騒乱がたえないのは太平天国の乱の結果であって、日本が維新以後急速に強国となったのは、D・Sジョルダン（アメリカの生物学者）の説によれば、明治維新以前の二百五十年の平和によって貯えられた民力によるという。太平天国の乱にせよ、それ以後の騒乱にせよ、いずれも結果であって、結果を手がかりに原因の探求が行われてこそ改革の対策をたてることができるのである。梁漱溟が『村治』二号に公開状を発表して「ここ数年の改革の潮流の中で、人々が第一の仇敵と認めるのが国際的資本の帝国主義で、次が国内の封建軍閥である。先生はそれをとりあげないで、貧乏、疾病、無知、汚職、騒乱の五大仇敵説をもちだしているが、帝国主義と軍閥がなぜわれわれの敵でないのか」「軍閥は、封建制度の封建勢力ではないにしても、われわれの仇敵でないと証明することはできない。……騒乱は軍閥のせいであることは自明である。もし先生が軍閥を仇敵でないと考えて、しかも『騒乱』を消滅しようという大願をおもちならば、きっと立派な考え、巧妙な方法をおもちでしょう。……はっきりと実際的に説得できるものでなければ、賛成したくても賛成しようがありません」と提案の無内容に抗議したのは当然である。しかし、胡適の提案が「目的地」を「目標」とすりかえていることに注意すべきである。三つの政党が到達点を明らかにして、そこから逆に方法を作りだそうとしているのに対して、手近に目標を立てて目的地を遠ざける方法をとっているのである。従って「この五鬼を亡ぼすことは、同時にわれわれの新国家を建設することである。我々の建設しようとするのは何か。われわれの建設しようとするのは、治安が維持されすべての面で繁栄した、文明的現代的統一国家である」と「積極的目標」を示しているが、消極と積極の両目標がどこで結合されるのか不明である。また、梁漱溟への回答をみると、質問の要点をずらして、「貧乏は直接的に、帝国主義の経済侵略によるものだとすれば」「張献忠、洪秀全はどこの国に操縦されたのかお尋ねしたい」と問題をすべて一般論にして原則に還元し、歴史的条件を捨象した現象の類似だけをとりあげて、反論の根拠にしようとしている。胡適の論理は、このように類似法を用いたり卑近な比喩を利用して自説を立証するのであるが、事実の本質的属性と偶然性を混同させることによって誤った認識を導きだす。「騒乱はたいてい長衫を着た友人が作り出したものであり、二十年来のいわゆる『革命』は、どれ一つとってみても文人の作りださなかったものはない。……近年の各地における共産党の暴動も、どれ一つとして長衫を着た同志が煽動したり組織したりしないものはない」。このように現在の「騒乱」から、知識階級の指導力の過大評価と、すべての責任を共産党員に転嫁する結論をひきだしたのである。

既成の社会を外国から移植しようとする改革者は、保守主義者であって創造者ではない。民族ブルジョワジーの要求を正面に立てる国民党と、プロレタリア政権の樹立を目的とする共産党の中間に、「不偏不党」の第三の立場を作り出すといっても、結果だけを尊重して創造の過程を重視しない思惟方法では実現不可能である。矛盾対立を図式化し抽象化して、主観的に第三者の立場を想定しながら行為に移ろうとすれば、実際には既成のいずれかの政党に接近せざるをえない。いつどのように接近するかが残された問題である。

近代国家の基本的条件の一つに、法治主義がある。憲法をもつことが、胡適にとっては絶対に欠くことのできない条件であったが、全国民の権利義務を規定する憲法の制定は、つねに支配者の手ににぎられている。憲法のもとで成立した政府だけが合法的な正統政府と認めることができるので、かれは曹錕、呉佩孚のために憲法制定の世論を作るのに努力したが、国共分裂後の国民党に対しても、第一の要件として中華民国憲法の制定を要求し、もしすぐ実行できないとすれば、「訓政時期の約法」を制定すべきであると要求している[9]。そして一方で、現在の危機をもたらした最大の原因を「アヘン、纏足、八股文」の「三大害」に求め、これを排除した後でなければ、帝国主義の打倒、民族復興は不可能であると説き、改革運動を能率的に進めるためには、人心を収拾できる社会の重心——領袖の出現を待たなければならないという[10]。領袖の条件は六項目に分けられているが、要旨は「一階級」のためであってはならない。全国の人材を集め、全国「多数」の人民の感情と意思を結集する大目標をもち、制度化された組織を作って持続させるべきである、ということである。国民党は孫中山の死後、条件をみたす人物がいない、といちおう既成の政党を信頼しない態度を表明しているが、「階級」ということばを使うことによって明らかに共産党を排除することを目的としている。そしてこれは、現状のままで安定させるために、国民党に自分の条件をおしつけ、それとひきかえに、国民党を容認しようとする布石である。

能率的という点で、胡適も革命と自然の進化を待つ二つの方法のうち、革命を支持するが、安定に害があるという点で「武力暴動」には反対する。しかし、さきにあげた梁漱溟の疑問を納得させるような名案があるわけでもない。「五大仇敵を打倒する真の革命は、ただ一筋の道があるだけである。それははっきりと敵を認識し問題を認識して、全国の才知を結集し、世界の科学知識と方法を十分に採用して一歩一歩自覚的に改造を進め、自覚的な指導のもとで一点一滴的にたえまなく改革の効果を収めることである(11)」という改良主義的原則から一歩も出られない。かれの「才知」と「世界の科学的知識と方法」によれば、労働者を組織して革命運動を起こすことよりも、たとえば人力車夫の車の賃貸料ひきさげに努力することのほうが、生計改善に実質的効果をおさめることができるというのである。それは支配者に譲歩を求めることであるので、一定限度以上の要求がみたされる望みはない。敵対する階級の矛盾を闘争によって解決するのではなく、上からの善意によって改善をはかるとすれば、胡適の進む道は支配階級と妥協する以外にはない。そして、協力できる支配者と被支配者は、「好人」でなければならない。そのためには、国民の義務教育と大学教育の拡充が必要となる。教育の普及は漸進的に危機を解消すると同時に、かれの理想とする近代国家の必要条件でもある。ことに教育施設の貧困は、かれにとって国家最大の恥辱なのである。この恥にささえられた行動原理は、責任の行動原理とは異質である。恥は他者に規制される他律的性格をもち、他者に吸収されることによって解消する。それは「革命いまだ成功せず」という孫文や、革命は必勝を期し難い障害の連続であるという魯迅の現実認識と正反対の地点にたつものである。

教育は「つぎはぎの課程や、朝三暮四的学制、めちゃくちゃな設備や経費、教育方針のぐらぐら変る校長[12]」という条件では効果をあげることができないのはいうまでもない。しかし、かれのいう「根本的解決」をはかるためには、「七年の病に三年の艾」というほどの迂遠な教育を手段にえらぶ以外になく、かれは知識を偏重するので、その教育効果があがるまでの社会的安定が必要となる。そこで治安を維持するために、政府の武力による弾圧を支持するようになるのは必然的帰結である。一九三二年五月、『独立評論』が創刊されて以来、これに拠る胡適の主張は、「少数の人が、ある種の社会経済的主張をもって武装革命を行なう」ならば「自衛のために正統政府が全国の精鋭兵力を結集して包囲攻撃しようとするのは当然である」[13]とはっきり国民党の政策を支持しはじめた。「いかなる政府も自己を保護し、自己に危害を加える運動を鎮圧する権利がある」というのが、法治主義を主張する胡適の「不偏不党」の公平な態度であり、完全に民衆に背を向けた国民党政府と同じ道を歩みはじめたことを宣言したものである。全面的な西洋化の一つとしてとりあげた法治主義は、法律を作っても守ろうとしない政府に奉仕するものであったが、一九三五年になると、「全面的な西洋化」の目標さえすてた。国民党の何健らの「中国本位」の復古思想政策に合わせて、薩孟武教授ら十人が『中国本位の文化建設宣言』を発表すると、胡適はそれに異議を唱えながら妥協の道を開いた。異議は現実の認識についてである。

「今日の大患は、決して十教授の心痛する『中国の政治形態、社会組織、思想の内容と形式がすでにその特徴を失った』のではなく、われわれの観察では全く正反対である。中国で現在最も憂慮すべきであるのは、政治形態、社会組織、思想の内容と形式が、到る処で昔から伝えられた罪業の特徴を保存することが多く深きにすぎることである[14]」。

現実の認識が正反対であれば、対策も当然正反対であるはずだが、ここでなしくずしに全面的な西洋化の方針をひっこめはじめる。

「科学工芸の世界文化とその背後の精神文化を虚心にうけいれ、世界文化をわれわれの古い文化に自由に接触させるべきである。……将来の文化大変動の結晶品は、当然中国本位の文化であることは、少しも疑う余地がない[15]」。

そして十教授の宣言が出された背景に国民党の文化政策があることを理解すると、さらに「全面的」のことばを撤回して「全力をあげて」「十分な世界化」にすりかえ、妥協を申しいれた。

「十教授は『人民の生活の充実、国民の生計の発展、民族の生存の獲得』の三つの標準を提出しているが、この三つの条件はすべて世界文化の最新の道具と方法を十分に採用すべきである。そこでわれわれはこの三点からも『総答覆』以後の十教授を、われわれの同志として歓迎することができる[16]」。

ここで胡適は国民党の御用学者と手を結ぶことによって、反動化した国民党のイデオローグの地位を買ってでたのである。そこには、五・四以来の「デモクラシー」と「サイエンス」をすべて技術にすりかえて精神の革新をすてさり、ただ「学者」の虚名を利用価値として残しているだけである。

国共分裂以後の「革命」をめぐる国共両党の政策は、中国の危機の認識の相違として大きくわかれた。現実に存在する多くの困難な事象は、事象そのものと限定して考えることのできない一つの根から生じたものである。この複雑にからみあった事象を単純化して、「三害、五鬼」としてとらえ、社会変革運動との相関関係から切りはなして全く個別的な項目として羅列することは、有機的な運動である革命を分裂させるものである。それは初め無意識的に、後には意識的に運動の組織化を妨げ、革命の関心を中心から周辺へそらせる働きをうけもった。同じ時期の学者で、陳独秀、李大釗は中国共産党の結成へと向い、梁漱溟は郷村建設運動へと道を求めて社会的使命をはたそうとしたのに対して、胡適は対話の精神のない、あるいは実践的活動を前提としない空論をくり返しながら、現実の支配体制と結びついた典型といえよう。

註

（1）胡適〈清代学者の研究方法〉一九二一年。

（2）野原四郎〈胡適氏と儒教〉（『東洋的社会倫理の性格』、白日書院、一九四八年所収）に胡適の儒教解釈の推移が詳論されている。

(3) 胡適〈私の岐路〉一九二二年。
(4) 前注と同じ。
(5) 胡適〈聯省自治と軍閥割拠〉一九二二年。
(6) 注(1)と同じ。
(7) 胡適〈国際的中国〉一九二二年。
(8) 魯迅〈灯下漫筆〉一九二五年。
(9) 胡適〈人権と約法〉一九二九年。
(10) 胡適〈悲痛な回億と反省〉一九三二年。
(11) 胡適〈われわれはどの道を進むか〉。
(12) 胡適〈領袖人材の来源〉一九三二年。
(13) 胡適〈建国問題引論〉一九三三年。
(14) 胡適〈いわゆる『中国本位の文化建設』試論〉一九三五年。
(15) 前注と同じ。
(16) 胡適〈十分な世界化と全面的西洋化〉一九三五年。

三　郭沫若〈屈原〉――創造社――

戯曲〈屈原〉のせりふに、「手かせ脚かせはさほど苦痛とは感じない。かえってこんなものが身についていると、精神活動は旺盛になるよ。ただあるきまわるのに不自由だがね」というのがある。

作者郭沫若《かくまつじゃく》の今日までの足跡をたどってみると、ある方向に一直線に突進する時期と、がんじがらめの窮屈な状態の中でじっと身をひそめて創作にうち込んでいる時期とが接している。生い立ちから少し経歴をあとづけてみると、かれの作品の本質的なものの一部がわかりそうである。

かれは四川省の楽山で生れ、美しい山河にかこまれて成長したが、その道は決して坦々としてはいなかった。かれの生れたのは、清朝がいよいよ没落の淵に大またに進もうとしていた一八九二年のことである。幼少時代はなぐって教える旧式の教育をうけたが、間もなく科挙が廃止されて高等小学校が開設されたので、三十歳前後の壮年小学生にまじって勉強した。かれが首席となったことから老学生と問題を起し、やけになって教師に反抗し酒を飲み、結局ストライキの首謀者として放校処分となった。復学することはできたが、不良化の傾向はますます烈しくなり、中学にはいってからは、札つきの不良学生となっていた。ここでも学生と兵隊のけんかに巻き込まれて退学処分をうけた。しかし、この頃に章炳麟《しょうへいりん》、梁啓超《りょうけいちょう》の文章を読み、また林紓《りんじょ》の翻訳小説を通して世界文学にも目を開かれていた。その後成都に出て辛亥革命を経験した。もともと辛亥革命は、「滅満興漢」のスローガンのほかにしっかりした理想をもっていなかったので、革命とはいっても暴動に近く、権力を奪うと同時に旧勢力の圧迫を受けて妥協することが多かった。郭沫若も参加して、現実のずるさ醜さを目にしている。やがて不幸な封建的結婚を経て北京に行き、日本への官費留学生を志願した。日本では一高の特設予科を終えると六高に入学し、佐藤とみ子と結婚生活をはじめる。大学は九州大学の医学部に進んだが、少年時代のチフスが原因で耳の故障があったため医者となるのは困難であった。一九一八年の夏、福岡で五高に留学中の張資平《ちょうしへい》に会い、話がたまたま文学のことになって意気投合し、同志を募って文学運動を起すことにした。ここでかれの文学への志向が決定的となったのである。こうしてできた創造社の中心人物となると、かれの東奔西走が始まる。ある時は上海、ある時は東京へ。そうして郭沫若の『女神』、ゲーテの『若きウェルテルの悩み』（郭沫若訳）、郁達夫の『沈淪』、グールモンの『リュクサンブルクの一夜』（鄭伯奇訳）の四種が創造社叢書として世に出た。『沈淪』が先ずセンセーションを巻き起こした。しかし、『女神』も新詩に関心を寄せる人たちに注目された。聞一多《ぶんいった》は、『女神』を手にすると早速賛否とりまぜ熱心な批評をしている。全体として賛成しているが、民族性の乏しい点をかなり突っ込んで批判を加えている。この詩集によってロマンチック詩人として郭沫若は文壇に登場する。

一九二三年医学部を卒業し、妻子を連れて帰国したが、祖国の殖民地状態をまざまざと見せつけられ愛国者として成長する。やがて文学研究会と対立して旗色を明らかにするとともに、左傾後の創造社でも支柱となって活躍した。そのあと、広東が革命の根拠地となるやすぐ上海を離れて参加し、北伐軍が進撃を開始すると政治部宣伝科長となって従軍した。武昌を占領して武漢政府ができると政治部秘書長となったが、間もなく国民党の右派が、協力して戦ってきた共産党に攻撃を加え、左派を主体とする武漢政府は解体した。

武漢から脱出すると、賀龍《がりゅう》らの南昌起義に参加し、それの失敗後は上海へ潜入した。しかし、国民党からきびしく追及されたので妻子を連れて日本に亡命し、千葉県の市川に身をひそめた。これから十年間は古代社会、甲骨文字の研究に没頭し、日本の官憲の干渉をうけながらも『中国古代社会研究』『甲骨文字研究』などの輝かしい業績をつぎつぎに生み出した。

こうして新しい分野を開き、歴史学者として一流の人物となる基礎を作り上げたのである。一九三七年七月、中日戦争が始まると十数日後にはすでに単身日本を脱出し、祖国へ向っていた。帰国後は国民政府の政治部に属して文化工作に献身するが、日本軍の進攻におされて政府が重慶に移った頃は、しだいに国民党右派の力におさえられて政治の表面からは閉め出され、いわゆる「霧の重慶」の暗い現実の中で考古学、歴史学の研究をつづけるよりしかたがなかった。これが後に『歴史人物』『青銅時代』に収められた諸論文となり、また戦後書かれた『十批判書』『奴隷制時代』などとともに、歴史家としてのかれの地位を不動のものとした。

かれの行動は猪突ともいえるが、理想に向って突進するところは最も詩人的である。また足から生れた逆児であったと伝えられるとおり、古いもの暗いものに対する反逆に終始している。こうして近代中国の歩みの中心を、かれは進んできた。

一九四一年の一月、いわゆる皖南《かんなん》事件が起って、抗日戦争のための国共合作に暗いかげがさしはじめた。作家たちは、こぞってこの目前の暗黒政治に批判の矛先をむけた。郭沫若も史学の学識と詩人の情熱を注いで、その年の暮にまず〈棠棣の花〉を完成し、つづいて翌年の一月に〈屈原〉、二月に〈虎符〉、しばらく間をおいて六月には〈筑〉〈後〈高漸離〉と改題〉の四つの史劇を書き上げた。一九四二年は、郭沫若の創作二十五周年と誕生五十周年であった。重慶の文芸界はそれを記念して、「団結を主張し分裂に反対する」という政治的意図を濃厚に含んだ〈棠棣の花〉を上演し、観衆から熱狂的歓迎をうけた。〈屈原〉も同じテーマと売国奴の打倒を訴えたものである。

〈屈原〉の執筆は、友人たちから熱心にすすめられていた。郭沫若の脳中には、上下二部に分れて各六幕の雄大な構想があった。それはかつてかれが訳した『ファウスト』と似たところがあると、かれ自身も言っている。なにしろ屈原が汨羅《べきら》に身を投げるまでの六十二年の生涯のうち、少なくとも三十数年の悲劇の歴史があるわけなので、執筆には容易にかかれない。しかも「女須」の解釈をめぐって鄭玄《じようげん》と朱熹《しゆき》の説の食い違いもある。「史劇家は扱った題材の範囲内では、とにかくその権威でなければならない。人物の性格・心理・習慣、時代の風俗・制度・精神についてできるだけ資料を揃え、人から攻撃される余地のないようにしなければならない。」という日ごろの考えに忠実であるためには、自説の根拠も確実にしておかねばならない。こうして一九四二年一月二日の夜から執筆をはじめた。ほとばしり出るインスピレーションのままにペンを走らせ、一一日の夜に至って五幕の最後を書き上げてみると、結果は意外なものになった。三十数年の予定が、夜明けから夜半までのたった一日の出来事に収められてしまったのである。劇の内容については、邦訳もあるので簡単な紹介にとどめよう。

第一幕は夜明けの屈原の庭園で、屈原が〈橘頌〉を朗誦しているところから始まる。屈原はこれを愛弟子宋玉《そうぎょく》に教訓として与える。「いまわれわれの前にある時代も、狂瀾怒濤の時代だ。だからとくに伯夷《はくい》のような人物をあげて、われわれの手本にしようとするのだ。公明正大に生き、従容と死のうではないか。」と屈原の口を通して早くもテーマの一端を語りかけている。第二幕は楚《そ》の王宮の内廷、敵国の秦《しん》からやって来た張儀《ちょうぎ》は、秦と修交させ同盟国の斉《せい》を裏切らせようとする。張儀のかけたわなにかかって、嫉妬に狂った南后《なんこう》と保身をひたすら願う靳尚《きんしょう》は、悪計をめぐらして屈原を失脚させる。「あなたが陥れたのは私ではない。あなた自身なのだ。われらの国王なのだ。われらが楚国だ、わが中国全土なのだ！」と叫んで口惜しがる屈原に、さらに「狂人」のレッテルがはられる。第三幕は再び屈原の庭園で、靳尚らによって屈原発狂の噂を民衆にまき散らされる。宋玉は屈原を見捨てて出世をはかろうとする。第四幕は都の東内外の場である。楚王は、南后と張儀を伴って散歩している。屈原は一行のうち、とくに張儀を面罵する。「お前は魏《ぎ》の国に生れ、しかも魏の王侯の一人でありながら、秦国へ走って魏への侵略をすすめ、また魏の国に帰っては秦の属国となるようにすすめたではないか。恥知らずの売国奴め。自分の祖国を裏切ったお前が、わが楚国のため何を尽くせるというのか。お前は秦国の最も陰険な廻し者だ。」張儀は構わず楚王に献策する。「文学者には文学だけをやらせておいて、政治に関与させてはなりませぬ。」南后も賛成する。「文学者が政治を語るようになると、でたらめを言いふらします。」屈原が追放されたとき、宮廷には舞人たちが居合わせた。屈原の侍女嬋娟《せんけん》は、その一人から真相を教えられ、南后の卑劣な策略を暴露する。その舞人も名乗り出て「あなたはあの誠実な愛国者を陥れた。」と痛罵する。南后は片端から捕えて猿ぐつわをはめさせる。張儀は「狂人たちに猿ぐつわをはめるのは、最上の方法でございます。」と褒め上げる。

当時の中国、重慶の状態を考えれば、意味するものは容易にわかるだろう。ここでテーマは十中の八九まで言いつくされ、劇は最高潮に達する。第五幕はその緊張と持続と収束である。その夜の城内の牢獄で、南后の子、子蘭《しらん》が屈原の助命と交換に嬋娟を誘惑しようとする。彼女は決然と拒否する。いっぽう屈原は嵐にむかって呼びかけている。私のもっているものは雷だ、電だ、嵐だ、われわれは泥をはねかえす雨などはもたない。これが私の意思だ。宇宙の意思だ。とどろけ嵐！　咆えろ雷、ひらめけ電！　まっくら闇に眠る一切のものを焼き払え、焼き払え！　焼き払え！」。南后は毒酒によって屈原を殺そうとする。しかし、一人の義士が嬋娟を救い、屈原をも救い出す。嬋娟は毒酒を飲んだために屈原の身代わりとなって死ぬ。燃え盛る炎に嬋娟の体をまかせ、〈橘頌〉をその上に投げかける。こうして作者は、屈原の教訓を守り、この困難な時代に「人間」として立派に生き、従容と死んだ嬋娟を「永遠の光明の使者」とたたえて結んでいる。

わずかの引用であるが、これだけでも烈しい言論の圧迫と陰謀の渦巻く重慶の様子がうかがわれ、郭沫若が史劇に寄せて訴えようとしたものも明白となろう。それらの事情を身辺に痛感していたからこそ、民衆も熱狂したのであろう。しかし、激情にまかせて怒濤のように作り出されたかれの詩が、興奮がさめると色あせた空しさを感じさせるように、この劇も屈原の絶叫ばかりが目について、最もにくむべき張儀も、支柱と頼む楚王も、活躍する陰謀家の南后さえもひどく見劣りがする。『沫若文集』に収められた〈屈原〉では大分修正してあるが、やはりその感は免れない。政治意識が過剰であったからであろう。詩、小説、戯曲の分野におけるよりも、むしろかれの本領は先にあげた歴史学や、また有能なアジテーターとしての面にある。しがって、人民代表大会常任委員会副委員長、中国科学院院長というかめしい肩書は、その意味で郭沫若にふさわしいものといえよう。

Ⅳ　現代中国論

一　中国文芸作品にみる新しい人間関係

老人対青年、幹部対平社員、姑対嫁、夫対妻、等々における新しい人間関係の理解と理想像の定着は、中国文芸における切実な今日的課題である。

中国は変ったと多くの旅行記が語っている。たしかに、戦前の姿はもはや見られないであろう。蠅がいなくなったという素朴な驚きから「六億の蟻」という見方までさまざまある中で、共通するのは変ったという点である。新しい政体の国家が誕生し、つぎつぎに歴史の実験が進められて、ついに国家権力に等しい権限の委譲をうけた「人民公社」の出現にまで至ると、武装した民衆組織の力はキューバで実験ずみとはいえ、将来、中央政府とどのような関係になるのか、興味はつきない。

ところで、文芸作品を通じて中国の民衆を見ると、社会機構の変化に応じた新しい人間の誕生と、新しい人間関係が作られつつあることがわかる。もちろん、人間の質が変るということが、一朝一夕で可能なわけはなく、新政府樹立につづいて起った朝鮮戦争が、土地改革をへて来た民衆に、国家の自覚を与えたことはいうまでもない。外からの圧力に対する抵抗という緊迫感によって、「散砂」といわれてきた民衆の意思を統一し、一つの目的に向わせることに成功したといえよう。この緊張が、建設段階に入った現在も持続されて、集団化のテンポを早めているのである。文芸作品の主題も、それぞれの時期の切実な課題を反映しているものが多いし、緊張がゆるみかけた時期には、革命経験の回顧録風のものが書かれて、過去と関連づけて現在を考えようとするものが多い。現在の無名の作家たちも、多かれ少なかれ革命の体験者であるが、進行しつつある革命の中では、やはり現在時点における課題により大きな関心を示し、「共産主義」的人間関係を描こうと努力しているようである。

このような急速なテンポで変革がつづけば、当然時代からとり残されるのは老人である。老人と青年の関係を扱った作品は多いが、たとえば唐克新の〈主人公〉という作品を見ると、青年幹部たちは老人をなるべく労働から解放して安楽にさせようとする。こうした好意には、新しい時代に不適格になった老人に対する憐れみがまじっているので、無意識にせよ青年の態度に現われる。そこで老人の側では、厄介視されているというひがみをもつ。その上、老人はほとんど文盲であるので、いまから勉強して進歩しようとしても不可能であるという絶望感、無力感に追いこんでしまう。老人に対する同情は、青年たちの好意からでているにもかかわらず、両者の溝を深めていく。老人が青年に対して誇りうるものは、経験だけである。この小説の主人公も、紡績女工として何十年も同じ仕事を続けて来たという実績をもっているが、たとえ過去を誇り体験を語ろうとしても、機械はつぎつぎに改良されるし、体力も衰える一方である。こうした老人の悲哀に対し、新しい時代の主人公になった青年はといえば、かれらもほとんど文盲である。しかし、文盲一掃運動に参加して、とにかく文字を読み文字を書く能力を身につけている。勿論、老人にも参加をすすめ、手とり足とり文字を読ませようとする。日本のように教育の普及している国では、想像のつかないことであるが、中国の文化界、思想界の近代化運動が、文語から口語へという文体改革で始まり、それが革命運動と密着していた国では、文盲一掃が階級闘争の一部でもあったのだ。文字の知識によって政権を維持する階級に対して、文体改革によってインテリ層を拡大することは、一九二〇年代では反体制運動の意味をもっていた。一九四〇年代の識字運動は、大衆の中にひそむ創意を定着化させる効果をもつ点で、やはり画期的な意味があった。中国人にとって宿命である漢字問題は、たんに言語問題の枠にとどまらない。文盲一掃運動に参加した人々は、青年といわず、老人といわず、プラカードや壁新聞が読める程度にすぎないとしても、自分の考えに自信をもつようになるのである。自信をもって提出される意見は討議に価する。新知識を吸収し改良案を提出する青年と、豊富な経験にもとづいて改良を考える老人とは、この自信によって討論の共通の基盤を獲得する。しかし、それは結果としていえることであって、当事者たちは、青年は時代の最先端を行くという自負心に満ち、老人は楽隠居を強いられる敗残者の意識からのがれることはできない。そこで、この作品においては、若い女工たちは口先ばかり勇ましい論議を闘わせるだけであるが、老女工は黙々と道具の改良にうちこみ、手先の作業しか考えられなかったところへ簡単な機械化に成功して能率を五十倍に高め、失われた自信をとりもどすという物語によって老人に座を与えようと意図している。

こうした事件は、数多くの実例があると見え、老人の意外な勝利に終る作品が実に多い。ことに農村を舞台とする開拓や治水に関する作品では、老人の体験や伝承を巧みにひきだして成功した物語が多い。以前と比較にならぬほど生活条件は向上したのであろうが、仕事をとりあげられる老人の苦痛は、青年たちの同情では解決されない。そのため新旧の衝突が、おそらく跡をたたないのであろう。生きるための労働ではなく、国家建設という理想に向って老人の知慧を生かすことが、老人を若がえらせる真の敬老であると強調して、老人も主人公であると勇気づけようとする意図を、これらの作品はもつのであろう。老人と青年の間に、新しいモラルを作り出そうとする努力がみられる。

今日的課題としては、老人対青年のモラルのほかに、幹部対平社員の関係においても同様の要求がある。建国十年ともなれば、初期の労働模範、労働英雄たちも、工場の幹部としておさまっている。そこで、最大の障害となるのは、官僚主義である。中国の官僚主義は根強い伝統をもっているので、原則的にはありえない中国共産党内においても、しばしば重大な問題となって来た。一九四一年から二年にかけての延安の整風運動以来、整風運動は、つねに党幹部の官僚主義批判から始まっている。その場合、何を最大の問題点と考えるかによって主題がずれ、結果は、幹部の官僚主義を最大の障害と認定するプチブル出身の幹部の側が、階級観の点で思想闘争において敗退しており、官僚主義そのものは徹底的に払拭されていないようである。ところで、工場における幹部と労働者の間でも、当然こうした問題は避けられない。ことに、新しく労働者として参加するのは、たいてい初級中学（日本の新制中学にあたる）出身者である。かれら、彼女らは、まだ原則のみを確信し、一本調子で生産に参加する。すべてが理想通りに運営されていなければ満足しない。一方、いまは幹部となった労働英雄は、かつての工場支配者と同様尊大であり、すべては原則通りにはゆかぬのは当然であるといいたがる。ここにも新旧対立が芽生えているのである。ある工場の倉庫主任も、そういう幹部であった。そこに配属された少女は、年少の故をもって機械をうけもたせられない。彼女は、工場で要求する部品を、倉庫へうけとるだけの仕事を与えられた。一人前として扱われないことを不満に思っているうちに、あることに気がついた。小さな部品は、員数を確かめないで目方で渡される。従って、端数が切り捨てになったり切り上げられたりするが、帳簿には員数で記載される。あるとき、工場から緊急の要求として受領にくるが倉庫主任は帳簿をたてにして品切れであると拒絶する。板ばさみになって思い余った少女は、主任の不在につけこんで倉庫内にしのび込み探しはじめる。機械の運転に支障のおきた工場の労働者も、それと知って協力する。やがて主任が部屋にもどり、その侮辱的行為を難詰し「面子」にかけてもないといいはる。しかし、少女の勘の通り、端数となった部品が倉庫の隅から発見され、工場の機械は止めないですんだ。労働者たちは、少女の行為を賞賛し主任を非難する。有能で名の知られた主任も、事実には屈服せざるをえない。このように工場に進出した少女たちは、つぎつぎに技術を習得し、指導者をのりこえてゆく。ほとんど無から出発したに等しい工場の技術であるから、指導者を追い越すことも、さほど困難ではないのであろうが、それにしても工場以外にも、医薬に関する技術、地質調査などにも娘たちの進出はめざましいものがある。そして、ひたむきな純心さによって各地で老人たちを感心させ、新しい時代の到来をつげている。

ここで、女性の地位について一考する必要があろう。中国のヒエラルキーでは、人民は国家体制の中で最下位に位置づけられ、最も意味うすき存在であったが、女性は人民のさらに最底辺に位置づけられていた。女性にとって、親あるいは夫は「天」であり、絶対の支配者である。飢饉ともなれば、第一番に売られるのは女児であることは、パール・バックの『大地』でも描かれている。また困窮すれば、妻は質ぐさとなる。それを典妻というが、幼女の時に将来の嫁として売られ家内労働に従事する童養媳とともに、女性の悲惨な運命を示していた。魯迅の〈祝福〉という作品では、寡婦が婚家の姑に売られて再婚し、再婚した女は地獄で二人の夫に鋸で切られて分けられるという迷信のために、ついに廃人となって野たれ死にする運命がテーマになっており、茅盾の〈林家鋪子〉では、寡婦にとっては全財産であるわずかな金が、貸付け先の倒産のため回収不能となり、取立て騒ぎの中で子供がつぶされ発狂する情景が描かれている。それが民国成立以後の状況であり、うちつづく戦乱の中で、兵隊に襲われたときは、節を全うして死ぬ烈女となることを男のエゴイズムは要求していた。

こうした風潮に反抗する女性は、一九一九年の五四運動以後に現われた。たとえば、丁玲の〈莎菲《ソフィー》女士の日記〉にみられる新しい女性は、旧式の結婚は売淫と変らないという恋愛至上主義の女性である。しかし、「不孝に三あり、後なきを大となす」という孟子の語が聖賢の教えとして信奉されてきた国では、一夫多妻は合理的であり、従って女性の地位は男性に比すべくもない。新しい女性は逃亡をつづけるか堕落する以外にない。茅盾の『蝕』三部作の中では、家から脱出する女性には「売淫というけれど肉体の一部が接触するだけではないか、それよりも自由が欲しい」といわせ、自由のためには堕落も恐れぬ女性を描いている。これは反面にいかに家父長の権力が強く、家の束縛が苦痛であったかを示すものである。家族制度の枠内での反抗は、すでに明時代の小説にもみられる。たとえば父親と赴任の途中、賊の手に落ちて結婚した娘が、救出された後も父のもってくる縁談をすべて断る。理由は「二夫に見えず」というのである。古い道徳を逆手にとって親の命令にそむくのであるが、一理あるために父親も他の縁談を強いることができない。縁談に関していえば、旧道徳を使って親のエゴイズムを封ずる話はいくらでも見られるのである。

革命後は、この関係が逆転している。趙樹理の〈家宝〉という作品では、農村における姑の嫁いびりが主題になっている。それは革命後に始まったことではない祖先伝来のものであるが、いびる理由が新式である。姑は内心、自分がそうであったように針仕事にはげんで家に閉じこもっている嫁を希望している。しかし、嫁は婦女連合会の幹部であり毎日外で働いている。それが不満の原因であるが、息子も区の幹部であってみれば、反動思想の持主とレッテルをはられるのも困る。そこで、嫁が白菜を洗うにも、自分はどんぶり一杯の水ですませたのに、嫁がバケツ半杯も水を使うので、「浪費反対」という共産党のスローガンを用いて難くせをつける。「浪費反対」とか「節約」というのは新しい大義名分であるが、実体は姑を無視する嫁が憎いということにつきる。こうした農村の家族関係における争いは、趙樹理の初期の作品に多いが、革命が始まっても、この争いが早急に消滅するわけではない。姑は「古くからの習慣」に従って嫁を罵り、あらを見つけてはなぐる。手におえなければ、息子に命じてなぐらせる。夫は妻をおそれていない証拠を示すためには、なぐらなければならぬ。「古くからの習慣」に従えば、夫が妻をなぐるのに理由はいらない。こうした「古くからの習慣」は、党幹部の説得と大衆討議によって改められていく。しかし、趙樹理の作品によって見る限りでは、釈然としていないようである。こうした習慣は悪として打倒すべきもの、という押しつけがはばをきかせている。それが自発的にうけいれられるようになるのは、現実生活の面でよくなったという実感を党の指導によって得てからのようである。実績によって、はじめて全面的に信頼するようになり、合理的な思考方法に進む。その結果、以前とは変った人格が出現する、という進路をとっているようである。新しい夫婦関係は、浩然の〈並蒂蓮〉にみられる。趙樹理が描いた時期から十年後の作品である。この主人公は、人民公社の幹部夫妻である。事業の成功によって、夫は次第に自分の意見に自信をもち、事業拡張を夢みるようになる。妻は共産党員として夫より有能であり、資金と事業の両面をにらみ合せて、最小の資金で効果をあげうるよう、たえず一般社員に意見を求める。その結果、大衆の創意によってつぎつぎに老朽品の活用に成功し、資金面からの破綻を防ぐ。夫は実際活動家で誠意あふれる人物であるが、知らず知らず官僚主義に陥ってゆく。自分の考えを少数の幹部とはかって強行しようとする。夫妻は、食事の時間にどちらかが仕事で外出していれば、家にいる方が準備しておいて出かけるという愛情で結ばれているが、顔を合せれば、公社の収穫計画で激論を戦わせる。もはや夫であるという理由で、妻を沈黙させることはできない。まして理由もなくなぐるということは許されない。夫と妻が対等の人間として、一つの事業の協力者として結ばれているのである。

丁玲の〈霞村にいた時〉という作品では、日本軍の中にスパイとして送り込まれた娘が、いまわしい病気に犯されて帰って来、村人たちの冷たい眼に迎えられても昂然としている。その姿を見て、新しい人物の誕生に感激する場面がある。戦争という異常事態とはいえ、娘は使命感を支えにして、村人たちに対等にふるまうが、前からの恋人の変らぬ求愛をうけとめえないところにやはり異常なものをみずにはいられない。張りつめた気魄によって、敗残者となるまいとする努力がいきすぎれば、人間的になるゆとりを失わせる。求愛者は決して彼女と目的のちがう人間でないにもかかわらず。〈並蒂蓮〉の夫婦は、互いに相手に対する批判の目を鋭くむけているが、党員としての成長だけでなく、人間としての成長も競争しているのである。

周囲から鋭い批判の目をむけられていると、どうしても、事なかれ主義になりがちである。保身のためといえば酷であろうが、規則一点ばりの官僚主義的傾向をもつようになるのも肯けないではない。そこから組織の動脈硬化がはじまるのであるが、一方ではそれをうち破って新しいモラルを確立しようとする要求も存在する。ある機関区を描いた作品に、どういう人物が理想像とされているかの一端が窺われる。それは鉄道の運行を管理する管制室が舞台である。ある日、機関士が管制官として配属される。いままで運行表を見たり、計算尺を使ってグラフを作ったりした経験の全くない現場出身者である。かれは労働者特有の快活さで、室内の空気を一変させる。一瞬の気のゆるみで大事故が起るかもしれないという緊張にみたされている室内で、大声で談笑し、乱暴に器具を扱う。もとから勤務し、かれの指導を受持った男は、その神経のあらさにいらいらしつづける。

どうにか仕事をおぼえたとき、突然工場建設現場から、食料がなくなったから送れと要求して来る。すると、かれは即座に弁当の運搬を計画し、その時間に通過する列車に臨時停車を命ずる。電話で承知させた男が、人もあろうに遅延の常習犯である。かれを指導した管制官は、烈火のように怒って計画とり消しを命じ、管制の仕事の重大さ、多少の遅延でも列車衝突を起こす理由を述べたてる。しかし、この現場出身の新米管制官は、空腹な労働者を見殺しにできぬと主張して、上級機関に許可を求める。許可をえて指令は実行される。すると奇蹟が生ずる。弁当をおろす時間がかかったにもかかわらず、忽ち遅れをとりもどし、遅延の常習犯の機関士が時間通り運行する。

いかにも英雄物語にふさわしく、話がうまくできすぎているように思われるが、毎回暖かい食事をさせたいと願う労働者の連帯感が、神話を生み出すのである。いささか夢物語めいてはいるが、正確無比といわれる日本の国鉄でも、急病人を臨時停車して救ったり、多少の遅延はいつのまにかとりもどしている事実を見聞しているわれわれには、理解できるような気がする。近代化された企業ほど、規則が正確に守られる必要があるが、人間の作った規則は、人間が変えることも当然可能である。規則づくめで機械化された人間ではなく、血の通った人間、共通の目的のため奇蹟を生み出しうる人間が、今日とくに要求されていることを、この作品から窺うことができるのである。

新しいモラルをきずきあげようとする人間の誕生は、わずかな例によって知ることができるが、どのようにして変ったかを解き明かす作品は乏しい。たいてい唐突であり、理解できる原因が述べられているとしても、理解の範囲にとどまらざるをえないのは、革命というものの性格によるのかもしれない。

新しい人間関係を、作家とよぶにはためらわずにいられないような作家の、習作的作品に求めて、老作家の描いた旧社会の人間像と対比させたのは、特別に理由あってのことではない。が、無名作家は、しゃにむに、ある目的、理想像を定着させようとするせっかちさがあって、核心だけを描こうとするので、書きたいことが露骨にでているという便宜がある。作家としての未熟さが、幸いしているともいえよう。作家とよぶのにためらいを感ずるというのは、状況の叙述もなければ風景描写もなく、読者の豊かな想像力を働かせるに十分な準備がないためであるが、今日の中国の作家の課題を、それぞれの面においてとらえているということだけはいえる。

二　中国の大学教育──現状への感想──

一九八八年の八月から八九年の九月まで、国際交流基金の派遣で北京日本学研究センターへ出向した。そこは中国全土から応募した大学の日本語教師の再教育（一年）と日本学大学院修士課程学生の教育（二年、九〇年入学生から二・五年）を目的とした機関である。無愛想といわれる北京のタクシーの運転手にも話好きがいて、こちらの職業を聞くのがいる。「大学を卒業しても、まだ勉強することがあるのか」とふしぎそうに質問するので、たじろいだ。

中国の大学教育の特徴の一つは、徹底的な実用主義である。完成品の側から製造工程を考えるといい直してもよい。この発想は「ソ連式」だということであるが、これを見落すと中国の教育制度を正確に理解できなくなる。旧聞になるが、七八年にハルピン工業大学を参観した際に案内されたのは、時計学科であった。カリキュラムは時計製造に合わせてあり、日本人の常識からすれば専門学校か工場の付属学校という印象であった。当時はゼンマイ式の時計しか考えられていなかったようで、たまたま同行者の一人が時計を組み込んだ電気計算器をもっていたので、先方の質問はそれに集中し、学科の教研体制を再検討しなければならぬという議論になった。質疑のすれ違いに気がついた司会者が、基礎学の教育を日本ではどう取り入れているかと論点を設定したので、ようやく日本側も教育目的が制度の相違となっていることに思い至った。日本の大学教育は高等一般教育とでもいうべきもので、特殊な教育をしている大学を除いてはすべて基礎学であり、製造工程に関わる応用部門は工場で教育するという日本側の説明に対して、「興味がある」との回答であった。おそらく時計学科の卒業生は時計製造のスペシャリストではあろうが、他の分野では役に立たないのではなかろうか。

オルダス・ハックスリーの“Brave New World”（松村達雄訳『すばらしい新世界』講談社文庫）という未来小説に、試験管ベビーを将来の職種や勤務地別に教育する管理社会が描かれているが、それを連想して計画経済の人材養成とはこういうものかと感慨にふけった。

これは自然科学に限らず人文社会科学系も同様であり、国際関係学院は各国語を習得し情報収集に当る要員の教育に当っており、北京外国語学院は外交部の国内外の機関の要員養成が設立の目的であったので、国交のある国の言語教育に当っている。もっとも国家計画に従って募集人員を決定するので、数年に一度の募集という学科も存在する。

こういう体系で考えるので、大学の管理機関も分散している。たとえば北京鋼鉄学院（現在の北京科技大学）は冶金部の所管であり、冶金部が全国へ配置する要員の養成に当っている。北京外国語学院は、現在は国家教育委員会の所管であるが、以前は外交部に所属していた。中央民族学院は、国家教育委員会と少数民族委員会の双方の監督下にあるという。

また広大な地域に分散するすべての大学を中央の一あるいは数機関で管理運営するのが困難なためか、現在では国立の他に省立や私立の大学もある。国立の浙江大学から文理両学部を独立させ、在地の大学を統合した杭州大学は、浙江省の唯一の人文社会科学系総合大学であるために、浙江省は国家教育委員会に移管せず省立としており、厦門の鷺江大学は市の要求する要員養成のため市立として運営されている。その他に華僑の資金援助によって設立された大学もある。古く陳嘉庚によって設立された厦門大学は国立の重点大学の一つとなっているが、泉州には華僑大学が新設され、広州には曁南大学がある。

もともと華僑は在外子弟の教育のために香港に香港中文大学、シンガポールに南洋大学をもっていたが、後者は英語で教育するシンガポール国立大学に合併され消滅した。「在地下根」を基本的に受け入れている華僑も、中国語で子弟を教育したいという根強い欲求をもっているので、中国の開放政策に沿って郷土に大学を設立したのだが、これらの管轄がどうなっているのか聞きもらしてしまった。そもそも国家教育委員会に問い合わせても、全国の大学数も正確にはわからないのである。改めて中国の広大さと組織の複雑さに感嘆する。

このように各種各様の要求によって設立された大学の中で、典型的な大学ということになると、全国重点大学に指定された総合大学であろう。北京大学を始めとして研究者の養成に力を入れている。また中国社会科学院にも大学院のコースがあり、「大学卒業後も勉強している」のである。これらの大学院は出身校を問わず、院生の受け入れを行っているが、今回知ったのは、修士・博士の学位授与権は教授個人に属し、機関に認められているのではないことである。つまり授与権をもつ教授が院生を募集し（定員の上限は各機関の規則による）関連教授、助教授が講義の輔佐をする（修士の場合）ということになっており、修学年限は修士三年であったが、学制改革により二・五年に短縮する移行過程にある。別に二年コースの「研究生班」があり、修了後一年を経て修士学位論文提出権が与えられるという制度もある。これは課程修士ではなく、論文修士であり、学位授与権のある大学へ学位請求論文を提出することができる。両種の修士制度では課程博士の方が上位におかれていることが判明したので、北京日本学研究センターの場合も、九〇年度募集の学生から課程修士に改制されることになったが、当初二年制を採用したのは、日本との学制の違いから生じたものである。

対外開放政策のためもあってか、中国での外国語学習熱は高く、日本語は今やロシア語を抜いて第二位となっている。第一位は英語でずば抜けて多いが、日本語学習人口は二百万といわれている。中国旅行で経験した人も多いと思うが、ラジオ・テレビで独習したという人が圧倒的に多く、果して通用するだろうかと日本人旅行者に話しかけてくる。なまりのない正確な発音に驚くが、テキストの範囲に留まる場合が多い。

学校教育では外国語学院系にはたいてい日語系があり、教師三十人という（北京外国語学院の場合）大学もある。その他にも第二語学に採用する大学があり、日本から教師を招くことも盛んに行われ、全国で八十校ともいい、三百校という人もいるが正確な数はわからない。こうした正規の教育をうけている学生は、二年生ではほぼ日常生活に不自由のないまでになっている。一般的傾向として北方（とくに東北地区）では文法が、南方では実用性が重視されているようである。ただし、重点校を除いて日本歴史・地理・文化については不十分であり、日本語重点主義であって実務者養成という教育の偏向が現われている。

学校教育の一部として通信教育と語学講習会に当る「培訓班」（半年の学費は百元程度）がある。通信教育（「函授」という）は準正規教育で三年間、数回のスクーリングがあって最終試験がある。その合格者のうち二十名前後の優等生は第四年次の学費等は免除される特権がある。年齢は不揃いであるが、本科の学生より熱心に学習するというので評判がよい。

正規の教育以外の「培訓班」については、学内から応募した講師に対して講師給が支給され、薄給の教員の別収入源として大きなウエイトを占めているが、これも人気のある外国語に集中する傾向があり、収入格差となるので一定比率で学費をプールし、日の当らぬ教員にも配分されているようである。周知のように、現在の中国で低収入の代表は教師と医師であり、合弁企業に勤めた大卒の娘が大学教授の父親より高給という情況にあるので、別収入で辛うじて生計維持というケースが多いようである。ただし別収入も一定額を越えると所得税が課せられるということも耳にした。学生は従来入学後の学費・宿舎費等は国家負担であり、その限りでは門戸は広く開かれていたが、その代償として卒業後は政府の指定する職場に配置されることになっていた。それを不満とする学生もあり、国家統制の一つの泣き所でもあった。この原則は現在も生きているが、国家負担の範囲が年を追って縮小される傾向にあり、その分だけ就職先の選択の自由が認められるように変ってきているようである。しかし、昨年度入学の理科生の場合、年間学費二百四十元、宿舎費五百元、食費一ヶ月六十元に加えて管理費、書籍費、実験費を負担せねばならず、とうてい親に頼れず、さりとてアルバイトもなく（外国語系の学生は通訳などしているようである）という情況に追い込まれているという。これはすぐには信じられない変化であるが、もし事実とすれば大学は選ばれた人にのみ開かれた門ということになり、卒業後の「向銭走」（「向前走」をもじった流行語）の傾向を助長することになりかねないと憂慮される。これも開放政策の矛盾の表れであろうか。

一九九〇年の卒業生から二〜三年工場等へ下放されることが決定したということである。大学卒業で完成という考え方からすれば、専門職に就く前に実務経験（専門との関係の有無は不明）は必ずしも無駄とはいえないが、その間に能力の失われる部分があることは、戦時下の学徒動員の経験を顧みて、否定できないことである。実施の詳細は不明であるが、大学院進学をあきらめたという学生や、清華大学の入学許可は得たが専修学校へ行くつもりという学生がいた。大学院の場合、大卒現役入学は認められているが、浪人は下放ということなので深刻である。またすでに在職している人を大学院に優先入学させるという案も実行に移されたようで、現役の定員枠を圧迫しているようである。とにかく、文革で痛めつけられたインテリに再び苦難の時代が来たということであろうか。

「十年動乱」の損失の大きさを知らぬ上層部ではないと思われるので、これは臨時の措置と信じているが、恒久的方針ということであれば、文革時代の教育の再現ということになる。いずれにせよ、下放が学生運動に対するお仕置きが目的でないことを祈るばかりである。

私の北京在任中は開放政策に合わせた学制改革が進められていたが、六・四事件以後、学費等の自弁率を引下げて国家負担に肩代りさせ、見返りとして卒業生の計画的配置を強化しよういう案を国家教育委員会で検討し始めたという噂も耳にした。また受験には「単位」の推薦が必要になるという話もあった。文革時代とどう違うのか今の段階では見当もつかないが、教育制度は目下流動的というほかはない。

七八年の正月の東北参観旅行の際に、日本の「奇蹟の復興」の原因について質問をうけた。「それについての理由はいろいろ考えられるが、日本の労働者の知的水準の高さが最大でしょう」と答えたところ、周囲の幼児を顧みて「われわれも同感です」と言い放った幼稚園長の自信に満ちた姿が目に浮かぶ。その頃の幼稚園児が、現在の大学生なのである。健やかな成長を制度が保障してくれることを切望している。

三　四人組追放後の中国

（一）　中国は官僚主義か

――長い歴史をもつ官僚支配体制。しかしこの隙間にも
ちらりとのぞく庶民の素顔があった――

北京の朝は警笛で目が醒める。何事かとホテルの窓から見おろすと、天安門前を東西に通じる広い長安街を埋めつくすほどの自転車の波を、バスや乗用車がかきわけて走るための警笛である。この音の洪水で、外国に来たのだと改めて実感し、空港に到着以来漢字の標識を見て、何がなしに抱いていた安堵感がふっとんでしまう。中国国際旅行社総社から派遣され、我々の訪中団に同行してくれることになった李広林さんに、まず質問したのはこのことであるが、「事故がないようにするためですよ」とこともなげにいう。余りにも当然すぎる返答なので、観察して自分なりの回答をみつけるしかあるまいと心に決めた。

私は中国を対象とする研究者の一人であるが、〝四人組〟以前の中国は知らない。訪中は、昨年の暮から今年の初にかけての十五日間、北京―ハルピン―大慶―長春―瀋陽―撫順―北京が第一回、七月中旬から八月中旬までの一ヶ月、北京―洛陽―西安―長沙―韶山―杭州―紹興―上海（ここで同行の訪中団は帰国）―蘇州―南京―揚州―武漢―桂林―広州―仏山―深圳―香港が第二回である。前回は零下三十度の大慶で正月を迎え、今回は四十度を越す華中、華南の参観である。選りによってご苦労さまと同情してくださる人が多かったが、自然条件のいちばんきびしい時期を経験できたことに、むしろ幸運であったと感謝している。

ところで今回の訪中の目的は、いっぱんに友好参観と包括されるほか、とくに図書館情報の交流であるが、私個人としては民衆演芸の実態を可能な限り知ることを加えていた。これは日本流にいえば講談や浪花節、中国では説書、説唱とよばれる。その本場である蘇州、揚州が訪問都市から外されたので、訪中団帰国後に参観しようと考え、中国との接触を滞在延長の申請から始めた。

昨年の秋以来、訪中団の受入れに対して、柔軟な姿勢をとっているという〝雪どけ〟ムードがしばしば報道されるが、それを見るのも訪中目的の一つである。その中国の窓口が麻布にある駐日大使館なので、先行した同僚が北京の中国国際旅行社と交渉してとりつけた承認の電報をもって、ビザの申請に駆けつけた。訪中団員として出発する三日前のことである。そこでの押し問答は省略するが、要するに「すでに団の日程に合わせたビザをとっているので、延長は北京ですればよい。国際旅行社が承認しているからには、必ず認められます」という返事である。いわれてみれば、確かに延長は現地で申請するのが筋のように思われるが、手にした電文には、駐日大使館でビザを取ってくるようにとある。官僚主義ののれんと腕押ししているようで諦めた。

中国の官僚支配体制は、隋の文帝が科挙制度を作って以来の長い歴史をもっている。これは、いっぽうで文民統制の伝統を作ったが、窓口の役人をのさばらせることにもなった。「中華人民共和国の成立後は、窓口に課長級のベテランがすわり、受けつけた書類をそれぞれの担当の係に廻すので、それまでのように窓口をうろうろする必要はなくなったのですよ」と内山完造さんから聞いたことがあるので、官僚主義は一掃されたと思いこんだのは、早合点であったのかもしれない。

「人間と生れたからには、時には首をちょんぎられることもあろう」というのは、魯迅の代表作〈阿Q正伝〉の主人公阿Qが、刑場にひかれる時の感想であるが、私も「長い道中では時には病気をして日程の狂うこともあろう。すべては行ってからのことだ」と自分を納得させた。しかしべつに不安を抱いたわけではない。とにかく承認されており、大使館でも保証してくれているのだから。

ところで北京の警笛も、官僚主義と関係がありそうである。もし事故を起せば、警笛を鳴らしていたかどうかが問われるらしいからである。けたたましいのは、そのためもあるようだが、しかし見ていると、道は人間のためにあるのだといわんばかりに、道路を横断する人は信号に無頓着であり、自転車は道路いっぱいに走っている。自動車はあとから割りこんだ異端者だとばかり無視し、ゆうゆうと職場に向う流れは、「ゆくものは、かくのごときかな」という感慨にひたらせる。

車中の人となって次のような発見をした。交叉点にさしかかったバスは、赤信号にむかって警笛を鳴らす。すると町角の交通整理所（これは仮になづけたので、正式の名は聞きもらした。四方が見通せる円筒形の建物）の警官が、すばやく青信号に切り替え、自動車はノンストップで通過できる。これでは歩行者も自転車も信号を守りようがあるまい。事故のないほうが不思議である。

天安門の正面に聳える毛主席記念堂の前に着くと長蛇の列であるが、外国人は一団ずつ列の途中に割りこませてくれる。外国人を乗せたバスの優先通行といい、割り込みといい、どうも気がひけてならないので、すこし度がすぎるのではなかろうかと李さんにたずねてみたが、「お客さんを大切にするのは、当然のことです」という答えが返ってきた。それには感激するが、割り切れない気分が残る。どんなもんだろうと同行の友人と話題にしたら、里帰りをしたある華僑の例を話してくれた。「その人は、かなり奥地の郷里の親戚の家に泊り、夜半に部屋を出ると、その家の子どもたちが床（ふつうは土間である）に寝ているのを見た。めったに客のない田舎では余分のベッドはないが、このようにして客を歓迎するのだ」という。それならば外国人に対してだけではないとやや安心したものの、これが永続する友好のためになるかという疑問は、依然として残っている。ただし一片の通達で「お客さんを大切にする」というのではないことは確かである。私の専門に関する本が瑠璃廠で手に入ると友人に教えられ、ホテルも近いのですぐ追いつくからとバスを降りると、国際旅行社北京分社の王盛安さんもすばやく降りて同行し、思いがけず大きな荷物となった本の包みを気軽に持ってくれたのは、規則づくめではないことを感じさせた。

北京では各地を訪問、参観したが、今回の八達嶺行きは、四月一日から運行を開始した観光専用列車を利用することになった。途中、青龍橋駅で一休みした際、二人の運転士と話をすることができた。いずれも二十歳前後の女性で（中国では女性の年齢をたずねてもさほど失礼ではないようだが、聞きそびれた）「外国の友人のために運転することを誇りに思う」という。運転席で写真をとりたいと希望したアメリカ人にも、にこにこしながら、どうぞという身振りをする。運転席は部外者入室禁止ではないのであろうか。列車長も若い女性であったが、華僑や外国人へのサービスに余念がない。女性の活躍が目につく。

中国では航空写真、防空壕入口、軍用施設など少数の例外を除いて写真の撮影が許されているが、歴史博物館は展観の方針が定まるまで禁止と、今回いい渡された。歴史観は国の方針と関わるので、やむをえないこととはいいながら、写真であれば一分ですむことを、同僚と二人で明代商業の発達を示す絵巻の模写に、参観時間のすべてを費やした。

中国から小包を出す時は、郵便局で内容を見せてから荷造りをすることになっている。北京で買った本は、その夜のうちに列車に乗る日程のために、小包にして出す暇がないので、洛陽から日本へ送ることにした。ところがたいがいのホテルにある郵便局が、あいにく洛陽の友誼賓館にはない。これには困りはてて洛陽分社の戴保安さんに相談したら、「荷造りを手伝ってあげますよ。明朝、途中の郵便局で出しましょう」という。小包を郵便局にもちこむと、案の定「中身は」の質問である。傍らから戴さんが「荷造りは私も見ていた」と説明すると、いとも簡単に受けつけてくれた。ここでも規則一点張りではないことを、この目で見ることができた。

ビザの件は、北京の国際旅行社総社で事情を説明すると、「では、上海でとりましょう。ついては、旅費として二百二十三元六毛、通訳費として六百元払ってください」ということである。「これで手続きは終りましたから」といわれてホテルに帰ったが、疑問がまた一つふえたわけである。旅費のほうは、端数もついていることだから、飛行機と汽車賃が正確に計算されているのだろう。通訳費のほうも一日六十元の計算だから、ツジツマは合っているようだが、では宿泊費と参観のための費用はどうなるのか。結論からいえば、六十元に宿泊、三食費、参観のための費用等一切を含めた額だということである。原価とか利潤とかいいだすと、これはさっぱりわからぬ計算なので、念のためにたずねてみたら、「右のポケットへ入れて左のポケットから出すのだから、これでいいのだ」という答えであった。今もってわからない禅問答である。ビザのほうは上海市公安局から発給された。国際旅行社は外交部（外務省）の管轄と聞くので、ビザは権限のうちかもしれないが、東京での問答はあっけない幕切れとなった。ただし公安局のビザというのも、変なものだ。

思うに中国の官僚主義は、誰かが「うん」というと、結論が先に決まって手続きが残るという順序になるようだ。そのきめては、相手が信用できる人間かどうかにかかっているように思われる。手続きは役所同士が面子《めんつ》をたてあうためにあるようだ。これを「請負式官僚制」と同僚が名づけ、私も賛成した。見当はずれかもしれないが。

（二）中央と地方

――〝みみず社会〟のしたたかさの裏にも社会主義建設の強い意志が……――

毛沢東主席逝去の折、私はシンガポールにいた。一九七六年九月のことである。その第一報を、共同通信社の横堀洋一支局長から受けて、一月の周恩来総理、七月の朱徳人民代表大会常務委員長と、相ついで中国革命の第一世代が世を去ったことに感慨をいだきながら、各社の記者が駐在するオフィスに向った。そろそろ雨季が近づいていたが相変らず暑く、町の表情にもこれといった変化は見られなかった。だが、驚いたことに、毛主席亡きあとの中国は、幾つに分裂するだろうかということがオフィスの話題となった。まったく虚をつかれて困惑したが、聞き流しにできない何かがあった。中国に対して、ある距離をおいて見ながら、いっぽうでその重圧に耐えているこの国の、危惧と期待のいりまじった複雑な反応なのであろう。

昨年（七七年）の暮に東北三省を参観して、ややその意味がわかりかけてきた。最北端の黒竜江省ではソ連との国境がどれだけあり、国際条約を無視してソ連がいかに横車をおしてくるかという説明をたっぷり聞かされた。「深挖洞、広積糧、不称覇」（深く掘って食糧を貯えるが、覇を称えない）という毛語録のスローガンをハルピン市内で見た時に、その緊張ぶりを痛感した。大慶油田の女子採油隊の独身女性たちが、我々は五種類の武器を扱うことができ、降下部隊を撃滅する自信があるといった時には、危機感と戦意に圧倒された。ところが吉林省へくると、ソ連や蒙古と接する国境線の距離の説明はあったが、むき出しの敵意はなく、遼寧省まで南下すると、ソ連ということばさえ口にしなかった。北京も同様であった。まるでソ連の侵略に対抗するのは黒竜江省一省の任務であるかのような奇異な感じをうけた。

この夏、華北・華中・華南の各地を参観するうちに、各省ごとに課題が違っていて、独立性が強いらしいと改めて感じた。

たとえば、我々の旅行の一切をとりしきってくれる北京の国際旅行社総社は、各地の分社に対して業務上の連絡はするが命令権はないようで、こちらから出した参観希望地は、現地に着いてみなければどういう日程が組まれているかわからないし、ホテルの名さえ事前にはわからないのである。そのうえ、分社の管理運営や人事権は、その土地の革命委員会にまかされているのだという。

これは大学や図書館、鉄道も同様で、業務命令は北京の教育部、交通部から出されるが、管理運営は現地で行っているということだ。ただし、北京大学、北京図書館は全国の大学、図書館を指導助言する責任を負っており、やや特殊な位置を占めているという。鉄道は機関区ごとに自前の機関車でもって分担地域をひっぱるので、ディーゼルになったりSLになったりする。また四人組支配の時期は、停車した列車の乗務員を含めて「資本主義的に正確なダイヤがよいか、社会主義的に走るべきか」の討論会が開かれ、江青女史のいう「社会主義的であるべきだ」の結論に達してから出発したという。従って鉄道のダイヤは完全に混乱し、予定は立てられず「まったくひどいものでしたよ」と同行の通訳が説明してくれた。話が発展し、「旅行社としては、自前のホテルやバスをもちたい」ともいう。ホテルやバスの管理権も地方の革命委員会の手にあるため、旅行社が全体の日程を組めない不便が生じているようである。

洛陽では白馬寺の参観が認められた。中国最古の寺で、中国に仏教が根をおろした所という興味のほかに、現在の僧侶はどういう位置に置かれているのかということにも関心があったが、説明にあたったのは管理人で、歴史的な解説や建物については精通しているようであったが、僧侶の生活などは知らないらしく、中国仏教協会と僧侶の関係などは、はっきりしなかった。「信者は今でもいるし、後継者もでるかもしれません」ということであったが、我々が参観のため入ると門が閉じられ、一般の中国人は入れないようであった。中国の憲法によると、信仰の自由を認めているが布教の自由については明文がない。いっぽう信仰しない自由の方には、それを宣伝する自由を保証している。北京市内やハルピン市内で見かけたキリスト教会も別の用途にあてられているようであり、道教の廟や孔子廟は、跡形もなくこわされているか（紹興、蘇州）、工場（揚州）、倉庫や商店（西安、蘇州）、学校の講堂（西安、蘇州）、陳列館（西安、広州）に転用されているか、空家（紹興、杭州）にして放置されている。宗教に関しては、中央の威令が徹底しているという感じであった。例外は杭州の霊隠寺と仏山の祖廟であって、りっぱに保存され、公開されている。一般の中国人も見物にきていたが、文化財として見ており、宗教的雰囲気はない。

ところで、かつて土法による鉄鉱生産が行われたことがあったが、その非能率と製品の品質の低さに、日本でも批判的な人が多かった。しかし、あれは中国が侵略された場合の人民戦争の武器として、地雷火や手投弾生産に寄与するための全国的な実験であったのではないか、と今でも思っている。当時の中国にとって最大の関心事は、朝鮮戦争で敗北したアメリカ軍が、ベトナムから侵入して来るのをどう撃退するかにあったのではなかろうか。その際に各地域ごと独自に迎え撃つ準備であったと考えると、つじつまが合う。他の地方では見落したのかもしれないが、先にあげた毛語録のスローガンを桂林の広西師範学院の庭で見た時には、ベトナムとの距離が急に近くに感じられた。

現在の中国で切符制なのは、食糧と食用油と衣料（化繊を除く）の三種類であるが、地方の情況に応じて独自に加えることができるということである。ホテルで自由に買えるタバコが、杭州では切符制であった。友人のひとりが市内で買おうとしたら、「切符を持っているか」と聞かれ諦めたというが、私は西湖のほとりの店で「タバコが欲しい」といってみたら、奥から〝中華〟を一袋もってきてくれた。店頭にあったのはすべて両切で、フィルター付きはなかったのだが、特別のはからいだったのかもしれない。タバコは専売品と思いこんでいたが、旅行総社の李さんの話では「九億の人のタバコの面倒までみきれませんよ。農民は勝手に作って吸っていて、余った分を政府が買っているのです」ということである。

このように地方の独自性が尊重されているためか、鄧〔小平〕副総理が〔一九七六年の〕

「天安門事件」で追放された時、四人組は地方に支持を求め、陳錫聯司令官の支持で大勢が決したといわれる。中央と地方の有機的連繫の証明といえよう。

さて二度の訪中で、第一回は、「知らせたい見せたい」という熱意からか、大演説と参観場所の指定があったが、第二回は一転して、こちらの希望を最大限に受け入れようとする姿勢が目についた。演説に代るものとして、土産物の購買をすすめられ、どこでもまず友誼商店、美術工芸品店に案内された。各地の特産品は長い歴史をへて洗練されており、改めて感服したが、旅先で荷物がふえるのは厄介でもあり、六ヶ月前と比較して当惑した。「四つの現代化」を推進するための外貨獲得に方針が変ったからかもしれないが、この点では、中央からの指令が、みごとに末端にまで及んでいる。

武漢から桂林へ向う汽車の列車長も若い女性であったので、「天の半分を支える中国の女性に敬意を表する」と話かけてみたら、「全世界の人民のために服務しています」との返事であった。服務で思いだしたのは「サービスをよくすれば相手を資本家根性にするという江青女史の教えは誤りだった」という少年の告白である。

中国はどこを切り取っても生きていく「みみず社会」であると同時に、毛沢東思想と社会主義建設という一つの意志が貫徹した国家なのである。

（三）「紅」か「専」か

――長江――すべてを呑みこんで流れる姿こそ
新生中国の象徴だった――

昨年（一九七七）の八月二七日の日経新聞に、名古屋大学の飯田経夫教授の訪中印象記が載っており、かなりの反響を呼んだそうである。要旨は、夜ふけまで道端にぼんやり座りこんでいる大衆と、人民公社などで逢う自信に満ちた指導者の間を埋めるものがわからぬということ。しかし、「社会主義信仰」から中国に大きな期待を抱くために、その貧しい現状にショックを受けるが、発展途上国という視点で見れば納得できる、という趣旨である。

ほぼ同じ時期に、深夜まで薄暗い街灯の下でカードをしたり、暗がりに椅子をもち出して眠りこけている民衆を、北京を始め各都市で私も見たので、「四つの現代化」に総力をあげている国という期待との違和感は、当然という気がする。夜半になっても三〇度を下らぬ熱さなので「彼らは終夜戸外で寝るのか」と質問したら、「一二時ごろには家に入って寝ますよ」との答えであった。その時ふと香港の夏は冷房しすぎて、香港大学の図書館でボールペンがかすれたことを思い出した。境を接して、このように生活の落差があるのはどうしたことか。それには一様に十数年にわたる「四人組」の生活破壊のためだという答えが返ってくる。そこで旅行中、私は「文革とは何であったか」ということを考え続けた。

文革の基本的な課題は「紅」（思想的に正しく堅固）か「専」（優秀な専門技術）かであったように思う。これは明らかに新中国建設の路線の問題で、重工業を優先し近代工業国にしようとした劉少奇路線と、それはソ連の轍をふむ修正主義路線であり、むしろ土地所有者となった農民を社会主義的に改編し、独自の革命路線を構築するのが正しいと考えた毛沢東路線の対立であり、紅衛兵運動は、実権を握った近代化路線に対する暴力的巻き返しと見るのが定説となっているようである。

ところで同じく社会主義国でありながら、ソ連と中国の相違は何であろうか。資本家のいないことは共通であるが、ソ連は社会体制の変革で事足れりとし、中国は人間の精神のあり方まで社会主義化しようとするところに、決定的なわかれ道があるように見える。

「紅」と「専」は、たとえば人民解放軍に政治委員がいて戦略的な判断をし、指令員が戦術的判断をして両者で最善の結論を出すというあり方を、私などは予想していた。工場ならば工場の革命委員会主任と工場長が、その関係となる。従って文革は、ソ連修正主義に対する警戒心を高め、たとえ侵略を受けようと、全人民が「ソ連は見せかけの社会主義である」と拒否する思想運動と理解していたが、実際はこの線を越えて、「革命的言論」にすぐれた人が黙々と生産に励む人に「走資派」のレッテルを貼って、つまり仕事をせずに口先だけという人物を大量に作り出してしまったらしい。これは聞いた話であるが、バスの乗客が、すでに満員で発車時間も過ぎているので、運転手の詰所に催促にいくと、彼らはカードをしており、「負けたのが運転するから待て」といったという。発車時刻を守ろうとする人を「走資派」とよぶほどに「紅」に名を借る頽廃は進んだということである。生産の場も同様であったらしいことは「四人組」の罪悪として、次々に暴露されている。

「社会改造」より「人間改造」を重視するという発想は、事を人に属するものと考え、人の追放や復活によって事の評価が変るという点で、たいへん中国的である。西欧化した日本人には、理解しにくい点である。

ところで「現代化」を急ぐ中国では、さし当って日本がモデルのようであるが、日本の高度成長の鍵を教育レベルの高さに見つけたという発言を、大学のみならず人民公社でも耳にした。その現われが学制改革であり、中学卒業―下放―推薦―大学入学という単線を、昨年度の募集から中学卒業―大学というコースと複線にした。北京師範大学を訪問し、日本語学科の二年生と懇談した際、彼らに新コースの一年生に対する劣等感とあせりが見られた。学内で逢った一年生の方が、学力的にすぐれていたのは確かであるが、激烈な入試を突破した秀才学生たちが、果して社会主義建設の担い手として十全に期待しうるであろうか。むしろ、とつとつと下放後の労働経験を語り、社会主義建設への努力を述べた労農兵出身学生の方が、次の中国の担い手ではないかという感じが抜けなかった。

「自力更生」より手っ取り早い外国の技術導入をした日本は、優等生に見えるけれど本物でないような気がするのは、私の僻目であろうか。今日の日本が手持ち外貨の豊かさ故に諸外国から非難されているが、政府は赤字国債の発行でやりくりし国民は貧困感を持っている姿に、割りきれぬものを感じるのだ。

ところで訪中団員の印象で顕著な傾向は、解放前の中国を知っている人と初めて訪中した人の間で、評価がまったく異なることである。初めて訪中した人は、手厚い歓待に感激しながらも予想に反する貧しさに驚くが、かつての中国を知る人は、変貌に心から驚き感激する。九億の民衆を飢えさせないということは、偉大な事業に違いない。とはいうものの、殖民地から独立したばかりのマレーシア・シンガポールの中国人の方が、生活レベルが高いように見える。だからこそ、現在の「現代化」第一の路線が、大衆の支持をうけるのであろう。すこし「専」に片寄りすぎて見えるが、中国の指導部は同じ失敗をくり返すことはないであろう。

私もすこし感想が片寄りすぎたようだ。見聞記に軌道修正して、今回の旅行で印象に残ったことを駆け足で報告しよう。

蘇州で行きずりに見かけた労働者の少女は何の変哲もない服装であったが、面長の典型的な中国美人で犯し難い気品を備えており、すれ違いざまに笑って去っていった姿に『紅楼夢』の中の少女を思い浮かべた。その夜、蘇州書場（寄席）で「評話」（講談）を見物した。蘇州語なのでもちろん聞きとれないが、国際旅行社蘇州分社の衛昌明氏は上機嫌で観客がどっと笑うと急いで説明をしてくれる。「岳飛が相手の武器をはねとばしたが、そこまで輪タクで二時間もかかる」といったアドリブで沸かしているという。輪タクは民衆の交通機関で、我々の感覚ではタクシーに当る。北京の総社から派遣された徐啓新君は上海出身というのに「聞きとれない」といって中座してしまったが、すっかりくつろいで楽しんでいる観客に親しみを感じた。同行の*I*君がストロボ撮影をすると、どっと喊声をあげてこちらを見るが、にこにこと好意的である。外人は我々だけであった。魯迅の故郷紹興の風物も忘れ難い。同僚の

T君と古い廟を探し歩いていたら、少年たちが集まってきた。むろんことばは通じない。北京から同行した金妙珍さんが駆けつけて通訳をしてくれたが、ここは彼女の郷里なので、忽ち心が通じ合う。改めて方言による親近感と中国の広大さを感じた。東湖の遊覧では、足で漕ぐ小舟に乗った。ゆったりとした動作であるが、かなりのスピードである。こののどけさは魯迅先生の時代もこうであったろうかと思うと、これもなつかしい。

南京では、南京支社の葉秀鶯さんの案内で玄武湖のほとりを散策した。夕闇迫る湖面にうつる城壁は風情がある。湖畔の柳を眺めていると、梅園新村の周恩来総理夫妻の事務室が目に浮かんだ。たぶんここの売店で見かけた雨花台の石が、周総理の事務室にも置かれていたからであろう。多くの革命烈士の血を浴びた石だという思いと、「南京虐殺」とよばれる事件が忘れられぬため、私はその赤い石から目をそむけたのであったが。

「紅」も「専」も濁流に呑みこんで悠々と流れる長江のほとりに、漢口で立った。これこそが中国民族の生きざまではなかろうか。急がず休まず、無限の未来にむかって発展する中国の姿を象徴するものであろう。中国の指導者は、それを心得ているかに見える。

V　魯迅研究回顧

一　竹内さんのこと

文章で見る竹内さんと、接した時の竹内さんとは別人の感じがする。竹内さんはたいへん後輩思いであった。しかし初めからそうと知っていたわけではない。われわれの世代に共通するのは、むしろ日本評論社版の『魯迅』を通して知った竹内さんである、この本は、魯迅とは、かくもすさまじい形相でしか接近できない人であり、われわれにそれだけの覚悟があるだろうかという恐れをいだかせるものであった。

以下私事にわたって恐縮であるが、私が東京大学に入学したのは昭和二四年であり、その年に倉石武四郎先生が京都大学をやめて専任教授になられた。われわれのために入学祝をして下さったのが、工藤篁・西順蔵・佐藤一郎の三先生で、祝いのことばは「今諸君らの葬式をしているのだ」（文末編者補記参照）であった。また倉石先生を招いて歓迎会をして下さったのは、竹内さんを始めとする旧中国文学研究会の同人方であって（その席には小野忍・岡崎俊夫の両先生もおられたと思うが）、竹内さんは語気鋭く「学生に卒論のテーマを配給してはならぬ」と釘をさされた。入学早々のことで何のことかもわからず、今では記憶もあやふやであるが、先の西さんのことばと竹内さんのことばは鮮明である。このような機会は、おそらくわれわれよりあとの入学者にはなかったろう。この年は旧一高から七人、水戸高から一人、東京外語から二人、計十人が入学し、竹内さんら諸先輩に何らかの期待があったからであろう。『風媒花』の中の「梅村講師」のせりふの中にも、われわれ「七人」のことが出てくる。

倉石先生は老舎の『駱駝祥子』をテキストにされ、謝冰心女士を講師に招かれた。しかしMと私は、竹内さんも講師に招いていただくよう倉石先生にお願いし、また当時浦和におられた竹内さんのお宅へ押しかけて承諾されるよう強請した。奥さんの話では「すでに倉石先生が見え、お断りしましたよ。しかし学生さんのいうことは聞く人ですから」とのことであった。そのことばに力を得て、その後吉祥寺のお宅へもうかがって、承諾下さるようお願いした。戦後の荒廃の中で模索するわれわれには、老舎は食いたりなかったからである。われわれは竹内さんの視線をさけて、熱っぽく期待をぶちまけた。竹内さんはやや当惑した表情ながら、まじめに応対された。その時強くいわれたのは「国立大学はいやだ」ということばである。結局引っ張りだしに成功したが、このことばは私の胸を刺した。

一九五二年の「血のメーデー」とよばれる事件が契機となって、魯迅に求める気持ちがいっそう強まり、岩波書店の関戸恵美子さんのすすめで「魯迅研究会」ができた。ある意味では、本格的に魯迅にとりくもうとする姿勢ができたわけである。その最初にとりあげられたテーマが「竹内魯迅」であった。その当時のことは『魯迅研究』を見ていただければわかることなので省略するが、この時のわれわれの空気に敏感に反応して忠告してくれた友人のことを、私は忘れることができない。その名を孫盛毅という、中国人留学生である。彼は不幸にも帰国船で北京の地を踏みながら、日本での迫害の結果得た宿痾のため、日ならずして故人になられたという。高田淳『魯迅詩話』にも、思い出が書かれている人である。彼は「竹内さんを敵視するのは認識の誤りである。手をつなげる人かどうか、よく見極めなさい」といった。当時の政治状況を知っている人であれば、その意味は十分わかっていただけるだろう。「敵視」は、メンバーのすべてに当てはまるのではないが、乗り越えなければならない目標ということでは一致していたと思う。われわれは、戦後の日本再建のコースを余りにも一本調子に考えたので、竹内さんの戦前・戦中の経験を汲みとれなかったのである。眼前の強力な目標、そしてそれが骨太であるほど、こちらの姿勢を正さねばならぬという関係で、魯迅とダブる竹内さんが、われわれに占める位置はおおきかった。ただし、その頃の不満で、今もって私の中に残るのは、竹内さんの西欧文学の教養を基礎とする評価の基準である。武田泰淳さんも、中国文学の「文学」に力点があって、文学部の講義は不満であったということなので、竹内さんも同様であったろう。「中国」に重点のあったわれわれとは、そこがズレていた。とくに私が最もこだわったのは、〈狂人日記〉の評価であり、作品構成の上で失敗作と断定されていることである。私には、完成度という基準に合格せず、直接的にテーマを訴える作品は、評価の対象にならないといっておられるように見えた。筑摩版の『魯迅作品集』が刊行された時、竹内さんは意識的に〈狂人日記〉を省かれた。『読書新聞』でこの書評を募集した時に、私はあるペンネームで、この一点にしぼって批判をした。敗戦を契機に天皇制モラルが崩壊した時点で、「人が人を食い」「食われる人も人を食っている」という構造を解きあかしたこの作品は、構成の巧拙を越えて、直接的に戦中の日本の構造をわれわれに開眼せしめたのであり、このような感動を与えた作品をなぜ省くのかという抗議に近いものであったと思う。もちろん、選には入らなかったが、選後評に臼井吉見氏（であったと思う）が、こういう見方もあると紹介してくれたのが、せめてものなぐさめであった。

中国語学研究会が都立大で行われたことがある。その時、竹内さんが「中国語を教えるとなると声調も確かめなくてはならないし、大変ですよ」といわれた。私のような音痴は今も同感なので、竹内さんはずいぶん正直にいう人だと感じいった。当日の学生の集会でそれをいったら、外語の某君に「まともにそう思うお前は、バカじゃないか」と一笑に付された。そういえば、私は竹内さんが中国語を音読されたのを聞いた記憶がない。このことの真偽はどちらでもよいので（竹内さんは曹欽源氏に中国語を習い、中国の各地に足跡を残されているので、某君のいう通りだと思うが）、私は教師としての竹内さんの律儀さに驚いたのである。この律儀さが「六〇年安保」の時の辞職という行動に連なるのだろう。この点は、もっと身近にいた人たちの観察をうかがいたいと思っている。

竹内さんに傾倒し、尊敬する人は日本に多い。われわれだけが特別に竹内さんから影響をうけたというつもりはない。しかし、竹内さんが徹底して国立大学を嫌っておられたにもかかわらず、戦後の東京大学の出身者に衝撃を与えられたことは否定できない。敗戦後もほとんど対中国観を改めようとしなかった中国哲文学科に窓をこじあけ、新風を吹きこんだ人として、われわれは竹内さんに感謝している。

――歩く人が多くなれば、それが路になるのだ――

〈編者補記〉この祝いのことばにある「葬式」の意味については、尾上兼英「一九四九年前後の東大中文の雰囲気――二つの噂が駆け巡る――」(『公孫樹人』第九号、東京大学文学部中国語中国文学科同窓会誌、二〇〇九年一一月)四四・四五頁参照。

二　私と中国研究――中国・魯迅との出会い――

私は中国文学・中国文化を担当している教員で、小島〔晋治〕先生のように「歴史学からみた日中関係」のような刺激のいっぱいある、そういう報告はできませんので、大変個人的なことを話させていただきます。

五〇年前の日本――無条件降伏による発見――

日中関係一〇〇年と申しますと、私はその半分以上生きてきたということになります。そこですこし回顧談におつきあいください。

一九四五年八月に日本は連合国に対して無条件降伏をしました。いま振り返ってみると五十年以上になりますが、その時の五〇年前にはなにがあったのかと年表を開いてみると、一八九五年（明治二八）年三月に下関で伊藤博文・陸奥宗光と李鴻章とが日清戦争の講和談判を開いております。日清戦争といえば、我々にも神話時代に近い遠い昔のように思われます。御出席のお若い方々には、日本の降伏というのは、我々が日清戦争に感じるように神話時代のように思われることでしょう。そのころ、私は十八歳で旧制高等学校の一年生でした。上陸したアメリカの戦車の下に潜り込んで爆破する訓練が日常となっていた時で、もはや日本の将来が見えていました。日本軍の戦術は一度成功すると繰り返すことにありました。特攻隊がその好い例です。忽ち相手は対抗手段を講じます。それでも繰り返して失敗を重ねます。特攻隊員には我々よりもっと日本の将来が見えていたでしょう。かれらは黙って死にました。

ところが、名誉の戦死こそが男の生き甲斐といっていた人が、敗戦を境に、諸君こそ戦後復興の担い手であるといい出し、戸惑ったのは当然というのはおわかりいただけると思います。その時に私が得た教訓は、立派そうなことを偉そうにいう人は信用してはならない。これは今も続いております。

その時に、私の課題となったのは、次の二つでした。一つは、日本語を廃止して、国語はフランス語にせよという志賀直哉氏らの提案でした。敗戦とは自分の言葉まで失うのか、これには大変なショックを受けました。これについては後ですこし補足します。

第二は、十五年戦争に耐え抜いた中国人とはどういう民族なのか?という恐れにも似た疑問でした。当時、洞庭湖付近の守備隊にいて復員した従兄は、「戦争が終った」と聞いた時に、ついに蔣介石も手を挙げたかと思って喜び勇んで山から下りてきたそうです。このころは対峙しているが、とくに激しい戦闘はなく、日本軍優勢と思い込んでいたといっていました。

第一の問題は立ち消えになったのですが、第二の方はおいそれと答えが出ることではないので、抱えたまま一九四九年に大学の中国文学科に入学しました。この年の一〇月一日に中華人民共和国の建国宣言がされたので、卒業すればすぐにも留学することができ、第二の疑問に取り組めると、単純に喜んだものでした。

卒業したのは一九五二年、昭和二七年というのは年輩の方は御記憶にあろうかと思うのですが、いわゆる「血のメーデー」に遭遇し、皇居前広場に突入したデモ隊が警官隊の発砲によって、ふたりの死者を出しました。私のいた中国文学科では魯迅の有名な「血債―血の債務は必ず同一物で償われねばならぬ。支払いが遅れれば遅れるほど、一層高い利息をつけなければならぬ」ということば、これは一九二六年に、馮玉章の国民軍と張作霖軍との戦闘に日本軍が干渉し、段祺瑞政府に請願に行ったデモ隊に対し、国務院の前で発砲、学生ら四十八人が虐殺された事件に対する魯迅の憤りのことばです（一九八九年六月四日の天安門事件の際にも、各大学の門前の死者を弔う花輪に、このことばが添えられていました）。非常に似た状況なので、このことばをプラカードに書いてデモにゆくのは適切であったと思うのですが、偉い人の言葉をそのまま自分の言葉とするのには抵抗感がありました。

これを契機に、魯迅を鍵に第二の疑問を解こうと思ったのが、私の研究の第一歩となりました。これについても、あとでお話したいと思います。

一三〇年前の日本——明治維新政府の近代化政策——

そこで、第一の問題（全面欧化政策への疑問——編者注）にもどりますが、一三〇年前の日本とレジュメに書いたのは明治維新政府ができた時の意味のつもりです。この時を契機に、第一の問題について考えたことを申し上げたいと思います。幕藩体制というのは、いわば地方分権という制度と理解しておりますが、江戸幕府を打倒して近代的中央集権政府をつくるために、維新派が最初に着手したのは、首脳部がそろって、ヨーロッパ諸国の視察に出かけたことでした。それは岩倉訪欧使節団と呼ばれておりますが、岩倉具視は、明治四年から明治六年までの外遊中いっさい何もするなといい残して出かけました。ところが、留守をあずかる西郷隆盛は征韓論にくみし、アジアへの侵略を開始しようとします。これは明治一〇年の「西南の役」で一応圧殺されますが、明治二七年には実行に移されます。その準備として、維新政府はヨーロッパモデルの、天皇を頂点とする王室体制を日本にもちこみ、全面欧化を進めました。ヨーロッパの繁栄を日本に移植するためには、ヨーロッパを模範とし、追いつき追い越せが目標です。ヨーロッパの繁栄が殖民地獲得にあったことも目標に取り入れられ国策となります。それは、韓国併合、「満州」への侵略という、その後の日本の進路を見れば、歴然としております。

日本の伝統、伝統と呼ぶにふさわしいかどうか疑問ですが、それを捨てて、日本をヨーロッパにするのが日本の近代化への道の結論でした。それを背後から援助したのは、慶応義塾を創立した福沢諭吉です。鹿鳴館時代と呼ばれるらんちき騒ぎ（招待宴・舞踏会）は、その象徴といえましょう。徳川慶喜の「大政奉還」によって、古いしがらみを断ち切っているだけに効率よく近代化は進められました。それ故に大国清国に勝利できたのであろうと思うのですが、いかがでしょうか。

中国はアヘン戦争の痛手からヨーロッパの軍事力を取り入れようとしましたが、その基本方針は「中体西用」でした。中国文明の上にヨーロッパの技術を接ぎ木することで十分と考えたのでしょう。中国の近代文学の父とよんでよい魯迅という人が「中国では机ひとつ動かすにも血を見ずにはすまない」といっているのですが、それは三千年の文化に対する自信と誇りに裏打ちされた保守性との闘いだからです。

日本は古くから優れた文化を導入することに熱心でした。明治維新前は中国、以後はヨーロッパです。中国と違って、立派な日本座敷の隣に洋式の応接間を作ることに抵抗感はありませんでした。

明治時代に森有礼が国語として英語採用をとなえ、かえってお雇い外国人のホイットニーにたしなめられたりしております。戦後に国語をフランス語にせよというのも、全面洋化の線上にあるように思われます。民族のアイデンティティは言語と宗教・民俗を抜きにしては考えられないと思うのですが、超エリートには、恐ろしいことに、日本語はいともたやすく放棄できるものとされていたわけです。もちろんヨーロッパに追随するためです。

それに対して、中国は「中体」（三千年の伝統文化）を土台に「西用」（ヨーロッパの技術）を導入しようとしました。これは失敗しましたが、中国流の近代化路線の設定です。これが失敗したのは当然といえますが、日本が伝統文化を捨ててヨーロッパになろうとしたのと比較すると、日中間の理解は容易ではないと思います。ただし、自主的判断を捨てて大国を模倣し、追い越せば一段とすぐれた近代化が達成できるというのは安易な方法です。

魯迅との出会い

魯迅の問題は一筋縄ではいかないのですが、すぐれた先達がいました。竹内好という人です。昭和一九年に『魯迅』という本を公刊しております。その前年に応召して中国戦線に送られたかれの『魯迅』は、遺書でもあったのでしょう。気合の籠ったもので、日本浪漫派ばりの晦渋な文章には、戦時下で単純化した頭脳で繰り返し読みながら腹立たしくさえ思えたのですが、単純化しない強靭さにうたれました。それに続く戦後の『現代中国論』『日本イデオロギイ』『知識人の課題』などは、賛成しかねると感じる部分もありましたが、魯迅から何を学ぶかの指針となりました。

魯迅に次のような文章があり、初め読んだ時は、同じ内容を言葉を変えていっていると思ったのですが、きれいごとの好きな学者たちが、どんなに飾り立てて、歴史をかくときに「漢族発祥の時代」「漢族発達の時代」「漢族中興の時代」などと、立派な題を設けようと、好意はまことにありがたいが、措辞があまりにまわりくどい。もっと、そのものズバリの言い方が、ここにある——。

一、奴隷になりたくてもなれない時代、

二、当分安全に奴隷になりおおせている時代。

この循環がつまり「先儒」のいわゆる「一治一乱」でもある。

（松枝茂夫訳〈灯火漫筆〉、『墳』岩波『魯迅選集』）

これは一見すれば同じことをいっているようですが、ある時、「一治一乱」は、支配者の立場から見た歴史であり、前者は被支配者の立場からの提言であると悟りました。ここに、天子および支配階級と被支配階級の関係を見る視座があると思います。被支配階級の理想の境地は、次のようなものです。

日出でて作《たがや》し、日入りて息《いこ》う

井を鑿《うが》って飲み、田を耕して食らう、
帝力何ぞ我にあらんや

（『十八史略』五帝）

これは「帝などと偉そうな顔をして構ってくれなくても、自分たちで必要なことはやっている。お節介はやめてください」という被支配階級の民衆の希望であるということです。民衆の眼から見れば、「政治とは、奴隷になれるかなれないか」なのです。

これで魯迅の眼のありどころがわかります。中国から建前の発言と本音の発言を見分けるためには、魯迅の足跡を追うのではなく、魯迅の求めたものを追うのが魯迅研究の最も重要な課題ではないでしょうか。私の申したいことはそれに尽きるのですが、御批判をいただきたいと思います。

なお、エドモント・ヒラリー卿といえば、あのエベレスト（中国ではチョモランマとよびます）に初登頂をしたイギリス隊員ですが、かれはエベレストへの挑戦についての質問に「なぜならば、それがそこにあるからだ」と答えたと伝えられました。その後このことばはよく引用されたものです。たとえば万引きをした人の言い訳など。その時私は偉大な壮挙を成し遂げた人物としては、つまらない男だという印象をもちました。そのことを口にだしたところ、イギリス文学専攻の友人にたしなめられました。原語が何であったか記憶にありませんが、たぶん「Because it is there」でしょう。

友人の説によれば、あの"it"は、神を指し、畏敬してやまないものを意味するので、あれは誤訳ですよ」とのこと。そこで、ただの登山家に過ぎないと言う私の不明を恥じ、認識を改めてヒラリー卿を尊敬するようになりました。

こんなことを何故言ったかと申しますと、中国をイギリス・アメリカなどと並べて、たまたま中国を研究対象にしたと思われるものが、目につくからであります。"it"がヒラリー卿の意味であるような中国研究家が輩出することを願ってやまないからであります。

二十一世紀に向けての覚悟——接ぎ木でない日本のありかた——

現在の日本はアメリカ追随という政策で、アジアの一員という自覚に乏しいように思われます。今後の我々の選択はどうあるべきかについての答は、まだ見つかっていないようです。国際基督教大学で武田清子教授が加藤周一・木下順二・丸山真男の三氏を講師に「日本文化のかくれた形（カタ）」という題で連続講演会を開いて、その講演記録が岩波同時代ライブラリーの一冊として一九九一年に刊行されております。そのなかで、丸山氏はあたらしい文化の摂取にあたって、「執拗低音」（音楽学でいう、主旋律に対して、同じメロディを何度も何度も繰り返して、主旋律を微妙に変えるもの）――これが伝統というものと思いますが――それについて指摘しています。またその「まえがき」で武田氏は和辻哲郎の一九三四年の『日本精神』の一部を紹介していますが、それは「日本人ほど敏感に新しいものを取り入れる民族は他にないとともに、また日本人ほど忠実に古いものを保存する民族も他にないであろう」という日本文化の重層性という特徴を指摘しています。つまり先にあげた日本座敷の隣に洋式の応接間を作って不思議と感じないなどということだと思われます。

我々は、こうした日本文化の過去のありかたを見すえて、将来に向うべきではないでしょうか。それによって今後の日中のありかたが見えてくるように思われます。日本の側の「執拗低音」にあたるものには、柳田國男の業績がありますが、また手前味噌になりますが、神奈川大学には日本常民文化研究所があることを紹介して、終りとさせていただきます。

Ⅵ　回想録

一　倉石先生を悼む

昭和五〇年（一九七五）一一月一四日、倉石武四郎先生が亡くなられた。一進一退の御病状とうかがっていたが、今こうして先生を追悼することになろうとは、なんとしても悲しい。

先生が東大の教授となられたのは昭和一五年であるが、当時は京大との兼任で、交通事情の悪い中を集中講義に見えていた。東大専任となられたのは昭和二四年、その年に入学した私どもは、はしなくも、その第一回生の栄誉をになうこととなった。その数は十名、近来にない多数の学生を迎えて先生も張り切られた。ところが私どもの方は、中国革命の進展に気をとられて、あのガッチリと基礎を固めていく中国語教育には半ば逃げ腰であったために、今は故人となられた教養学部の工藤篁先生のお二人から、那須の大丸温泉に合宿してミッチリ特訓を受けるはめになった。当時は食糧をかついでの山登りなので、口実を作っては荷を投げだして休んだが、ふとみると先生は片足で拍子をとりながら何か口ずさんでおられる。耳を澄ますと一高の古い寮歌であり、その時急に近づき難いと思った先生に言いしれぬ親しみを覚えた。宿での先生は時計のように正確で、朝食前にお部屋をのぞくと、六畳ほどの部屋をいつも四角に歩いておられる。「先生、何をされています。」「いま散歩をしているところです。」といった具合である。

先生の演習はきびしいので有名であったが、「中国人は中国語で考えます」といって、早くから現代文も古文も中国語で読むことを自明とされた。今では当り前のことになったが、これは先生の新機軸の第一である。

先生の学位論文〈段懋堂の音学〉は未刊であるが、最近京大で発見され、小川環樹先生のご好意でコピーを入手することができた。緻密な論で容易に読みこなせるものではない。こうした蓄積を先生は噛みくだき、講義を通して学生に注ぎこまれようとした。御遺品の中から東大での文学史概説のノートを見せていただいたが、特製の用箋に毛筆で書かれ、中国人の思惟方法から説き起こして中国人の文学観の変遷の全体像を把握しようとする史観で貫かれるものであり、一年間で当時最新の作家趙樹理に及んでいる。三千年の歴史を一年で講義する立場になった私どもは、改めて先生の非凡に感嘆し、及び難いことを痛感する。

著述は先生の理解される中国を啓蒙的に紹介しようとつとめられた。啓蒙的といっても手をぬかれたという意味ではない。『漢字の運命』『中国文学講話』などは、学殖を精選してわかり易く書かれたものであり、最後の著書となった『中国古典講話』は、現代文学から古典まで見通さねば本当の中国はわからぬという先生の持論を、身をもって示されたものである。

退官後は、日中学院を創設されて中国語普及に努力されるとともに、中国語辞典の編集に心血を注がれた。従来の辞典が親字と熟語という構成であったのに対して、これはことばを引く辞典として画期的なものである。批判もあり不十分な点もあるが、先生の構想では、一冊で万能ということはあり得ず、現代北京語、近世白話、古典語というふうに時代別、目的別の辞典を計画されていたので、完成すればこの方式が標準となるはずのものであった。また中国歴代詩の選訳をされた時も、原文を付けることに強く反対されたという。考えてみれば、外国文学の翻訳で原文付きは例外である。先生の主張が当然とされる日が、やがてくるだろう。退官教授への総長のお茶の会で、先生は気分が悪くなられたと言う知らせのあった時、助手であった私は「先生は教育にすべてをかけてこられて、お疲れが一時に出たのだな」と胸をしめつけられる思いがした。今またその思いを味わっている。先生の御冥福を切に祈っている。

二　魯迅誕生　一一〇周年記念東京シンポジュウム開催の経緯について

（一）　当初の計画

本年は魯迅の誕生　一一〇周年に当るので、当然なんらかの記念行事が行われるであろうことは予想されたが、我々としては、いまさら〝お祭り騒ぎ〟でもあるまいという思いが強かった。しかし中国の〝十年動乱〟の際の魯迅の言動の利用のされかたは、目に余るものに思われ、魯迅の原点に戻って再考せねばならぬという焦燥感に駆られたのも事実である。

そこへ一一〇周年を機に留日時期の魯迅資料を囲んで中日の学者の〝研討会〟を仙台で開けないものかと、魯迅博物館から打診があった（八九年一二月および九〇年二月）。東北大学の阿部兼也教授がその提案を受け、最低限の費用の確保のために文部省に科学研究費の申請をし、それと並行して開会の準備を進めることになった。九〇年の八月三〇日に、たまたま北京訪問中の尾上が魯迅博物館へ阿部の意を伝え、同意を得た。ところが、期待に反して科学研究費は不採択となり、当初の計画は頓挫するに至った。

（二）　仙台の計画変更

九〇年九月二五日に東北大学及び宮城県、仙台市の関係者によって第一回準備会が開かれ、他の民間組織の参加を求めて実行委員会を結成し、東北大学長を会長に、宮城県知事、仙台市長を顧問とする実行委員会設立の計画がたてられた。

それ以後、記念行事として

1. 北京魯迅博物館所蔵の仙台時代に関する文物の特別展
2. 記念講演会
3. 国際シンポジュウム
4. その他（ウエルカムパーティー、レセプション、エクスカーション）

の各項について準備を進めることとなり、国外からの招待者についての原案が作られた。

それに先立ち、九月一四日仙台から阿部・渡辺襄の両氏が来京し、在京の丸山・伊藤・尾上・佐治・近藤、大阪から谷氏が加わり、魯迅記念行事の爲の相談を受けた。

九一年一月七日に仙台で第一回実行委員会が開かれ、会長に西沢潤一東北大学学長、会長代行に吉永馨東北大学前医学部長、顧問に石田名香雄前東北大学学長、本間俊太郎宮城県知事、石井亨仙台市長、一力一夫河北新報社会長、藤崎三郎助藤崎デパート会長、氏家栄一仙台商工会議所会頭、沖津貞夫宮城県医師会長、および委員、幹事、事務局員が決まり、事務局長阿部教授、幹事長小川陽一東北大学教授、歓迎行事委員長佐々木信男宮城県日中友好協会会長、学術運営委員長尾上神奈川大学教授が、それぞれの業務を分担し、準備を開始することになった。

学術運営員会は、1・2・3項と仙台の阿部・渡辺両氏以外の委員の人選を一任された。1についてはオブザーバーとして参加した内山書店の三浦勝利氏に一任。2については仙台原案の検討。3はシンポジュウムを成功させるため、日本全国の魯迅研究者の協力を要請する必要があるので、これを主要な任務とし、委員の人選をした。

三月七日、在京の有志に呼掛け記念祭の趣旨を説明して協力を求め、尾上・伊藤・丸山を学術運営委員会の幹事として原案作成に当ることとした。

三月三〇日に学術運営委員会委嘱の書簡を出し、記念講演会の日本側講演者、海外からの招聘者の原案作成を開始した。シンポジュウムの為の招聘者は、今回のテーマが、一九八六年に北京で開催された〝魯迅逝去五〇周年記念〟国際研討会の延長線上にあるので、仙台から提示されたメンバーの一部を外し、上海の王錫栄氏、紹興の裘士雄氏、台湾の蔡源煌氏を加えて九氏とし、直ちに参加の要請をした。

五月中旬、三浦氏が魯迅博物館との打ち合わせのため訪中し、意向書を提出、中国文化部に協力を要請した。その際に海外からの招聘者が話題となり、劉再復氏の参加に反対の意思表示を受けた。

五月二七日、天津の曲芸節参観のため訪中した尾上が、魯迅博物館を表敬訪問し、計画の進行状況などを説明した。その後、国際交流基金の後援を得るなど、着々と準備が整ってきたが、突然中国の国家文物局の指示によるシンポジュウム参加者の名簿を提出する要求が、五月三〇日付けのファックスで魯迅博物館から三浦・尾上宛に届いた。これに対して、仙台記念祭の全体計画書を実行委員会から送付し、回答とした。その後、国家文物局と魯迅博物館の連名で「（前文略）我が方が劉再復はこのような活動に参加してはならぬと意思表示したにも拘わらず、最近送られてきた名簿に彼の名前がある。円満に今回の記念活動に参加するために、我が局と魯迅博物館は周到な準備を進め、大量の労働を提供した。魯迅先生を紀念し日中友好を深めるために、我々はこの活動に参加したいと熱望しているが、重ねて申し入れることを許されたい。もし、そちらで劉再復をこの活動に招聘するならば、我が方の学者の参加、展覧物の提供はし難いことになる。我々はそちらの努力によってこのことが円満に解決し、紀念活動が順調にいくことを希望する」というファックスが、七月二五日付けで西沢会長宛に送られてきた。

八月一〇日、在日中国大使館の要求で阿部・小川の両氏が来京し章金樹参事官と面談したところ、〝国外で公然と反政府活動をし、魯迅精神に反する劉氏の招聘を取り消し、後で書面で示すこと〟を要求された。章氏の意見は、劉氏を呼ぶから政治問題になったので、学問の自由に干渉するのではないということであるが、阿部氏は学問の自由について他の国の機関と相談する必要は認められないということを主張し、相方の意見はスレ違いのまま終り、文書による回答を検討することになった。

これを受けて、八月一九日尾上と三浦は仙台に赴き、阿部・小川両氏と共に西沢会長に逢い、事情説明をして判断を求めた。

1．今回のテーマは、八六年に北京で開かれた魯迅逝去五〇周年紀念シンポジュウム〝魯迅と海外文化〟の深化にある。その時の主催者であり、基調報告者が劉氏である。

2．劉氏に関しては中国政府から公式に処分されたことがなく、ハワイにおける学会にも出席している。そのことについて、中国政府が問題にしたとは聞いていない。

3．既に招聘した人を取り消すことは、国際信義に反することであり、学術以外の圧力に屈すれば将来国際会議は開けなくなる。

4．今回の場合、個人に迷惑の及ばぬよう、参加の学者を一堂に集めない方法も考慮できる。

以上の説明に対して、西沢会長から「異なる意見の討論こそ意味がある。長い目で見て交流の実をあげるように」という趣旨の回答を得たので、八月二一日中国文化部賀敬之代理部長宛ファックスで、上記の趣旨に基づき西沢会長名で当方の態度を説明し、先方の恐れる事態の回避に努力する旨を重ねて表明して翻意を促した。

また、文化部が妥協の余地無しと回答してきた場合の措置についても、仙台記念祭を成功させうるよう計画を練り、回答を待った。

ところが、八月二八日、学術運営委員会に諮ることなく、突然実行委員会の名で文化部の要求を受け入れる旨のファックスが北京に出され、三〇日、吉永会長代行他五人が来京し、シンポジュウムを連続講演会に変更することによって、劉氏招聘取り消しの事後承認を求められた。これは学術運営委員会に対する背信行為であると同時に、不信任の意思表示であると判断されるので、この提案を拒否し、即日学術運営委員会を解散する旨回答した。

九月五日付で、学術運営委員長であった尾上は、西沢会長宛に、
1. 実行委員会としては、西沢会長から賀中国文化部代理部長に宛てた文書の回答を待つべきであった。
2. 八月三〇日の会談の実行委員会の提案は、上部機関から下部機関に対する解散命令と受け取らざるを得ず、このような解散は遺憾の極みである。
3. 旧学術運営委員会の構成員は、今後も学術交流に努めたいと考えているが、これは仙台記念祭とは無関係である。
と通知し、直ちに事後処理にあたることにした。

(三) 魯迅誕生一一〇周年記念東京シンポジュウム開催

旧学術運営委員の幹事会として、まず以下のことから事後処理を開始した。
1. 学術運営委員会の委員を承諾された国内の魯迅研究者に対して、解散に至った経緯の報告。
2. 既に招聘に応じて訪日の予定を組んでおられる海外の学者に対しても経緯を報告し、招聘を取り消された劉氏の招聘母体を東京大学文学部として、仙台の記念祭終了後に、東

京でシンポジュウムを開催することとし、東京在住の研究者の参加を得て〝魯迅誕生一一〇周年記念東京シンポジュウム準備会〟を結成（上記旧幹事三人と丸尾常喜東京大学教授・藤井省三東京大学助教授）、活動開始。

3．日程を九月二七日、二八日とし、二七日は東京大学文学部の大教室、二八日は東京大学東洋文化研究所の講堂を会場とする（なお、二八日はもともと東大で予定されていた劉再復氏の講演会に、共催者として参加することにした）。

4．講演題目：魯迅と異文化接触――近代精神への模索と伝統批判の深化の軌跡――

二七日　伊藤虎丸〈魯迅の〝異文化接触〟――明治の日本を舞台にして――〉

李欧梵〈〝鉄屋中的吶喊〟的再思考〉

二八日　劉再復〈魯迅研究的自我反省〉

林毓生〈魯迅個人主義的性質与含意〉

蔡源煌〈魯迅和当代台湾文学〉

5．九月一八日、東京シンポジュウムの案内を発送（研究者二三四人、および朝日・日経・毎日・読売各新聞社）

6．東京シンポジュウム開催のため、カンパ（資金援助）を研究者有志に求める文書を案内状と共に発送し、すでに〝仙台記念祭〟のために招聘費と事務費として受け入れていた資金の不足分を補うこととした。

(四) シンポジュウム終了後の活動

1. 二七、二八日に会場でBBCからの取材を委員二人(伊藤、刈間)が受けた。
2. 『日中友好新聞』一五九六、一五九七号に伊藤虎丸氏が経緯について寄稿(九一年一〇月二五日、一一月五日)。
3. 東京シンポジュウムの報告集作成準備開始。
4. 『国際貿易』(九二年一月二八日)に代田智明氏が〈『水滸伝』の伝〉を掲載、〝魯迅誕生一一〇周年仙台記念祭〟実行委員会と『民主中国』への批判をする。
5. 『民主中国』(一九九一年一二月号)に劉再復論文が無断掲載されたので、一月三〇日付で抗議文を出し『民主中国』に掲載することを要求。二月六日楊中美氏より編集会議にかける旨の電話があり、一一日に次号に抗議文を掲載する旨の回答があった。
6. 日本で魯迅記念行事への参加者の同意が得られた場合は、仙台の国際シンポジュウムで実現するはずであった当初の計画通り、各報告に対する日本側コメンテーターによるコメントを紙上討論の形で併載し、全PROCEEDINGSを作成する。
以上が二月一一日までの経過である。

一九九二年一月一日付で、仙台の実行委員会西沢会長より、仙台における魯迅記念祭は大成功であり、実行委員会は解散する旨の挨拶状が出され、東京の関係者にも届けられたが、旧学術運営委員会の一員としては、学術交流に関する限りまったく不満であり、仙台記念祭の成功は、これまで行われてきた〝政治の世界〟での成功であって、国際学術交流の目的には合致せず、とくに日中学術交流の深化を願って参加した日本側の学者には、日本側の細心の配慮にも拘わらず、〝内政干渉〟とまで思われる中国側の学術界に対する介入は、まったく心外であった。今後もこのような事態が起るとすれば、我々は〝日中友好応該緩行〟(日中友好は当分棚上げにしよう)という教訓を得たことになる。これは我々の望むところではない。にも拘わらず、今回の事態は、我々に、とくに中国研究者に対し中国認識を改めることを要求するものであった。自戒して、今後中国に対処するよう呼びかけたい。

中国の学者、研究者が資本主義社会と社会主義社会の優劣に関して、明確な認識を持つことに対して、私は疑いを持たない。資本主義の試行錯誤と同様に、社会主義社会が試行錯誤を免れないことについても不可避であろうと思っている。それ故に、隔意ない意見の交換が現在求められていると、私は確信している。

以上に述べた我々の熱意・誠意を中国政府、とくに文化部は理解されることを衷心より願っている。

魯迅私論外篇初出一覧

序説　中国近現代文学簡史――魯迅の前後――
辛亥革命前、五四運動から大革命まで、小野忍編『現代の中国文学』、毎日新聞社、一九五八年五月。

Ⅰ　魯迅作品論Ⅰ
一　悲惨な遊びの心――〈阿Q正伝〉訳後の感想――、『魯迅研究』第三一号、一九六三年。
二　書評　魯迅と近代中国の新文化運動――Dr. Haua Sung-K'ang: *Lu Hsun and the New Culture Movement of Modern China*, Djambatan, Amsterdam. 1957――、『魯迅研究』第二三号、一九五九年七月。
三　高倉氏の批判を読む、『魯迅研究』第三五号、一九六六年五月。
四　〈阿Q正伝〉と〈藤野先生〉について、『人文研究』第一一二集、神奈川大学人文学会、一九九二年三月。

Ⅱ　魯迅作品論Ⅱ
一　〈示衆（ひきまわし）〉について、『魯迅研究』第一九号、一九五七年一二月。

二　〈孤独者〉再論――傍観者の論理――、『魯迅研究』第二二号、一九五九年三月。
三　『故事新編』雑論――〈非攻〉を中心にして――、『魯迅研究』第二八号、一九六一年二月。
四　『野草』における負の世界、『魯迅研究』第二四号、一九五七年一〇月。
五　『野草』の両面、『魯迅研究』第二五号、一九六〇年一月。
六　〈徐懋庸……〉のうけとりかたについて、『魯迅研究』第九号、一九五四年九月。

Ⅲ　魯迅の同時代人

一　雑誌『新潮』の足跡（小野忍・丸山昇と共同執筆）、『日本中国学会報』第一二集、一九六〇年一〇月。
二　学者の政治活動――胡適の場合――、野原四郎編『講座近代アジア思想史Ⅰ』、弘文堂、一九六〇年一二月。
三　郭沫若〈屈原〉――創造社――、東京大学中国文学研究室編『中国の名著』、勁草書房、一九六一年一〇月。

Ⅳ　現代中国論

一　中国文芸作品にみる新しい人間関係、『東亜時論』九月号、霞山会、一九六一年九月。
二　中国の大学教育――現状への感想――、『中国研究月報』第五〇五号、中国研究所、一九九〇年。

三　四人組追放後の中国、『天地』一―七、二―一、二―二、道友社出版部、一九七八―一九七九年。

Ⅴ　魯迅研究回顧

一　竹内さんのこと、『追悼　竹内好』、魯迅友の会、一九七八年一〇月。

二　私と中国研究――中国・魯迅との出会い――、『人文研究』第一四九集、神奈川大学人文学会、二〇〇三年三月。

Ⅵ　回想録

一　倉石先生を悼む、『東京大学新聞』第一〇六五号、一九七五年一一月二四日。

二　魯迅誕生　一一〇周年記念東京シンポジュウム開催の経緯について、『中国研究月報』第五二九号、中国研究所、一九九二年。

あとがき

本書は、故尾上兼英教授の遺稿集二冊のうちの一冊である。教授は、東京大学を退官された六十歳の時に『魯迅私論』の一書を公けにされたが、その後は、一昨年、九十歳でご逝去になられるまで、一冊の著書も公刊されないまま、長逝された。その結果、教授の専門とされた中国小説史、および魯迅を軸とする中国近現代文学の二つの分野において、多数の価値ある論文が多くの雑誌や単行刊行物に散在したまま、現在に至っている。教授の学恩を承けた私には、とうてい看過するに忍びないものがある。そこで今回、教授の高弟である東京大学東洋文化研究所の大木康氏とはかって、遺稿集二冊を刊行することとした。専門分野の区分に応じて、遺稿の分量の多い「中国小説史関係」の論考の方は、大木氏が編纂を担当し、『魯迅私論』の補遺にあたる、比較的分量の少ない近現代文学関係の論考の「拾遺」を私が担当することとした。以下、中国小説史の方は、大木氏に委ね、中国近現代文学関係の論文を綴拾してなった本書の編集経過を略説する。

本書は、①『魯迅私論』に採録されなかった魯迅作品に関する論考、②魯迅以外の近現代作家に関する論考、さらに③『魯迅私論』刊行以後に書かれた現代中国に対する考察の三種類の遺作二十四篇から成る。魯迅に関する論考が主軸になっているので、実質的には『魯迅私論』の続篇というべきものであるが、魯迅以外の作家、学者に関する論考もかなり含まれるため、『魯迅私論』を核（内円）とした場合、その周囲の外円を形成する分野の書と考えて、続篇の題を採らず、あえて『魯迅私論外篇』と題した。また、本篇たる『魯迅私論』には、教授ご自身の序文が書かれておらず、短い「あとがき」のみが付されていることに鑑み、この外篇においても、序文を置かず、この「あとがき」によって、編集の微意を残すにとどめる。

採録論文を六種に分類して排列した。表記の統一を行ない、文意不明の箇所には〔　〕に編者の補足を記した。以下、順序に従って概説する。

まず、【序説】として、「五四運動から大革命まで」と題する長編論文を置いた。これは、清末の譴責小説から説き起こし、魯迅、郁達夫、郭沫若を経て、茅盾、丁玲、趙樹理など、近代文学の変遷史を作品の紹介を通じて概説したものであり、教授の近代文学史観を示すものである。

次のⅠ【魯迅作品論Ⅰ】には、〈阿Q正伝〉及びニーチェをめぐる考察をあげた。続くⅡ【魯迅作品論Ⅱ】には、五四退潮期及び三〇年代の魯迅作品に関する論考を集めた。排列は小説・詩・書信の順によった。『魯迅私論』を補足する考察が少なくない。さらにⅢ【魯迅の同時代人】には、雑誌『新潮』に拠った傅斯年、羅家倫など、文学研究会系の作家、文学革命を提唱し、五四時期の学術界を思想的にリードした胡適、創造社のリーダー郭沫若などに関する評論を置いた。常に魯迅との比較において、議論が展開されている。Ⅳ【現代中国論】には、解放後の現代作家の作品の分析や、一九七七～一九九〇年の中国旅行・長期滞在での見聞の経験に基づいて、教授が考察された現代中国の人間関係、教育制度、社会制度などに関する紹介評論を並べた。中国人というもの、及び中国社会というものの特質について、旧小説に関する該博な知識と独自の見識によって、鋭い分析がなされており、現在でも傾聴に値する意見が少なくない。

本論というべきものは、このⅠ～Ⅳまでで、あとは附論である。まずⅤ【魯迅研究回顧】には、魯迅研究に関する教授の回顧談を配した。竹内好氏から受けた影響のこと、ご自身が卒業論文に小説史を選びながら、卒業後十年間、魯迅研究に没頭するに至った経緯など、詳しく語られていて、終戦直後の混乱の下での教授の模索の軌跡を窺うことができる。最後のⅥ【回想録】には、恩師倉石武四郎先生の思い出、および、一九九一年の魯迅誕生　一一〇周年記念シンポジュウムに際し、中国文化部が行った内政干渉に対して、日本学術界の代表として問題の解決に尽力された教授の記録を載せた。前者では、倉石先生を語りながら、間接にご自身の若いころの修行が語られていて、古き良き時代の師弟関係が窺われる。また後者においては、難局に直面した際の、教授の豪胆と細心をうかがうことができる。危機管理に秀でたすぐれた管理者でもあったことがわかる。

以上、本書の内容を羅列したが、これらの論考を通してうかがえる、尾上教授の研究の態度について一言したい。

尾上教授は、『中国小説史序説』の序文でも書いたように、思索の人である。かつて教授ご自身が私に漏らされたことがある。「文学研究などというものは大げさなものではない。例えば、一冊の外国の書物を翻訳すれば、自ずからその後ろに翻訳者としてなにがしかの感想をつけることになる。その感想こそが研究になっているのだ」。これは、作品の内部世界で思索を完結させるべきで、作品以外の資料を思索に持ち込むべきではない、という意味かと思われ、まさしく思索の人の本領が示されている。本書に採録した〈『孤独者』再論〉のなかでも、作者の意図を作品の解釈に持ち込むことを拒否されて、つぎのように述べておられる。

〈阿Q正伝〉をみると、「作者の意図」と「越えた」部分とがかなりはっきりと出ている。

……結論だけ簡単にいえば、「精神的勝利法」の図式化と、阿Qをとりまく「人が人を食う」世界の人間関係（階級関係といいなおしてもよい）である。そうして、わかりよいのは整理されて図式化されたものであり、感銘を受けるのは「意図を超えた」部分である。たとえば、整然と構成された法律の条文は、芸術的感動さえ与えるそうであるが、それと同様に構成のすぐれた作品は、読者の頭を混乱させないで「作者の意図」を伝え、感動させる。「完成度」と竹内好氏が作品の価値尺度に用いることばは、そういうものであろう。しかし、作家の創造とはそんなものであろうか。作品を創造するというのは、わかったことをわかるように構成する、というのであれば、私には小説の魅力が半減する。誰かのことばを借りるまでもなく、作家は世界を創造するものであろうし、読者はそれに参加して、自らの世界を創造するものであり、研究者とよばれる人も本質的には読者と変りがない。

作者の意図とは関係なく作品そのものの世界を追求するのが、文学研究の本筋であり、それは読者としての感動に基づいている。その点では、研究者は読者と同じという。作品の外に作者の意図を追求すれば、作品以外の資料を博引傍証することになるが、それは、文学研究とは言えない、ひたすら、作品の読者としてその感動の秘密を探る、これが教授の方法である。本書に収めた作品論の諸作は、すべてこの方法によって貫かれている。『中国小説史研究序説』においても同じである。教授は、作品外の資料の博引傍証はしない代わりに、古典小説から現代小説まで、広く多くの作品を実によく読まれている。古典と近代に分割されている現在の中国文学研究の世界では、これは稀有のことである。私が教授を博学と評するのは、この点においてである。博学博識の倉石先生とは異なった意味において、教授こそ真の学者であったと言えるのではないか。教授は、一高時代の恩師、島田謹二先生に私淑され、その比較文学を学ばれたが、島田先生の文学への情熱に共鳴されたものの、作品外の資料を博捜する島田流比較文学の方法は摂取していない。思索の人たるゆえんである。

以上、遺稿を編集した経過の概略をのべた。この間、編集作業を常に背後から支援し激励していただいたご遺族、とくに令夫人に深く感謝申し上げる。

本書の刊行については、『魯迅私論』（本篇）との縁を踏まえて出版を快諾していただいた汲古書院の三井久人社長、及び編集の労に当られた小林詔子氏に感謝申し上げる。

校正には、尾上教授の東大時代の受業生、大里浩秋氏、尾崎文昭氏を煩わせた。併せ記して、感謝の辞とする。

二〇一九年三月三一日

後学　田仲　一成

尾上兼英遺稿集Ⅰ〔近現代文学篇〕

鲁迅私論外篇

二〇一九年八月二十六日　発行

著　者　尾　上　兼　英
発行者　三　井　久　人
整版印刷　富士リプロ㈱
　　　　　窮　狸　校　正　所
発行所　汲　古　書　院
〒102-0072　東京都千代田区飯田橋二-五-四
電　話　〇三（三二六五）九七六四
ＦＡＸ　〇三（三二二二）一八四五

ISBN978-4-7629-6636-1　C3398